작은 곰자리

"작은곰자리가 좋아. 작은곰자리에는 북극성이 있어. 북극성은 작은곰자리에서 가장 빛나는 별이래. 너처럼…."

사랑했지만 어설펐고, 아팠지만 치유하는 방법을 몰랐던, 잊힐 줄 알았지만 잊을 수 없었던 단 하나의 사랑.

잊으려고 애써봐도 잊을 수 없어 결국 '너'라는 세계에 갇혀버린 나의 사랑.

사랑하지만 사랑하는 방법을 몰랐고, 표현하고 싶었지만 표현하는 방법을 몰랐다.

한참의 시간이 흐르고 나서야 알게 된 나의 사랑.

내가 너에게 가는 길이 너무 멀지 않기를, 내가 너에게 가는 시간이 너무 늦지 않기를,

너를 만나러 가는 그 길에 너 역시 나를 향해 있어 주기를 바란다.

밤하늘의 별이 아름다운 건 별을 바라보는 사람의 마음이 아름답기 때문이다. 그 사람을 사랑하는 건 그 사람을 사랑하기 때문이다. 내 마음이 어디로 향하고 있는지 안다면 우리는 아픔이 무엇인지 알지 못할 것이다. 하지만 내 마음이 어디로 향하고 있는지 알지 못하기에 아픔을 알고, 아픔을 알기에 슬프고, 슬픔을 잊기 위해 다시 사랑의 꿈을 꿉니다.

일

"유미야~."
"혜진아."
"어디가? 왜 맨날 바빠?"
"어, 나 바빠. 지금 아르바이트하러 가야 해. 미안."
"알았어. 내일 만나."
"그래, 잘 가~."

언제나 밝게 웃으며 뭐든 아주 열심히 하는 유미는 이제 갓 20살인 대학생이다. 공부하랴, 아르바이트하랴, 유미에게 24시간은 턱없이 부족한 시간이었다. 언제나 청바지에 면티를 입고 머리는 고무줄로 대충 묶고 다니며, 신발은 언제나 운동화를 신고 항상 뛰어다녀야만 했다. 다른 친구들은 이제 대학생이 되었다고 화장도 하고 구두며 옷이며 쇼핑과 꾸밈에 많은 시간을 쓰지만, 유미에게서 그런 모습은 전혀 찾아볼 수가 없었다.

학교 수업이 끝나면 근처 카페에서의 아르바이트를 시작으로 밤에는 편의점에 주말에는 레스토랑 아르바이트까지 해야 했다. 그래서 친구들과 어울릴 시간이 유미에게는 없었다. 그런 시간이 유미에겐 사치였다. 수업이 끝난 유미는 언제나처럼 학교 근처에 있는 카페에서 아르바이트하고 있다. 그때 카페로 은수와 지수가 들어오는 모습이 보였다.

"어서오…. 어? 어떻게 왔어?"

"네가 너무 바쁘니 우리가 친히 납시셨지."

"그러셨어요? 엄청나게 감사하네요. 뭐 마실래?"

"나는 라떼 마실래. 지수 너는?"

"나는 언제나처럼…."

"알겠어. 아이스 아메리카노? 잠시만 기다려주세요~."

유미와 은수는 절친한 친구이다. 중학교 때 만난 지수와도 계속 연락이 되어 친하게 지내고 있다. 은수와 지수가 주문한 음료가 나오고 유미가 직접 들고 왔다.

"나 1시간 있어야 끝나는데 어떻게 하지?"

"걱정하지 마. 우리 이거 마시면서 기다릴게."

"미안, 그럼 둘이 이거 마시고 있어."

"알았어. 걱정하지 말고 하던 일이나 하십시오."

"네, 알겠습니다. 감사합니다."

은수와 지수는 웃으며 이런저런 이야기를 하면서 음료를 마시고 유미는 열심히 일을 하고 있다. 그런 유미를 보면서 은수는 지수에게 유미는 정말 대단하다고 칭찬을 하고 지수도 맞는 말이라면서 맞장구를 치고 있다. 아르바이트가 끝난 유미가 은수와 지수가 있는 곳으로 다가왔다.

“오래 기다렸지? 힘들어. 나도 이제 궁둥이를 좀 붙여 볼까? 와~, 좋다. 엄청 오랜만에 앉아보는 것 같아.”

“아르바이트 좀 줄이면 안 돼? 나랑도 좀 놀아주라. 맨날 지수랑 놀려니 힘들다.”

“내가 왜? 은수, 너 그러기야?”

“농담이야, 농담.”

“너희 둘 뭐하니? 나 시간 없어. 좀 있다 저녁 먹고 편의점 아르바이트 가야 해.”

“야~, 오늘 하루만 쉬면 안 돼?”

“안 돼. 안 그래도 며칠 전에 다른 아르바이트생 언니가 갑자기 그만두는 바람에 더 힘들어졌어. 아, 배고파. 우리 뭐 먹으러 가면 안 돼?”

“에효~, 알겠어. 그럼 우리 빨리 밥이나 먹자.”

“그래.”

유미와 지수 그리고 은수 이렇게 셋이서 분식집에 앉아 김밥이며 떡볶이며 시켜놓고 웃으면서 먹고 있다. 이제 20살이 된 대학생의 모습이 유미에게도 보이는 순간이었다. 즐겁게 웃고 떠들며 맛있게 음식을 먹고 셋이 유미가 아르바이트하는 편의점으로 갔다. 편의점 사장님에게 인사를 했다. 인상이 좋은 편의점 사장님은 언제나처럼 유리를 반갑게 맞아주었다.

“아르바이트하는 곳까지 같이 와주고 고마워~. 잘 가.”

“우리 아이스크림 사 먹을 건데요. 그렇지 은수야?”

“그럼. 아르바이트생은 아이스크림 계산해 주세요.”

"뭐야~, 너희 이상해."

편의점 사장님은 그런 셋의 모습을 엄마처럼 흐뭇하게 바라보곤 했다. 지수와 은수는 편의점 테이블에 앉아 아이스크림을 먹으며 유미가 일하는 모습을 지켜보다가 어느새 사라졌다. 일하다가 지수와 은수가 사라진 사실을 알고는 그냥 웃었다. 자유롭게 스무살을 보내는 지수와 은수가 유미는 때때로 부러웠다. 하지만 자신의 삶을 비관하거나 원망하지는 않았다. 유미는 언제나 긍정적이고 그냥 밝았다. 그래서 사람들은 유미의 아픔을 잘 알지 못했다.

강의가 거의 끝나가고 있다. 앞에서 강의하는 교수는 과제물을 주고 여기저기서 탄식하는 소리가 들렸다. 학생들의 탄식에 교수는 그저 씩 웃고는 나가버렸다. 책을 정리하고 있는 유미에게 혜진이 다가와 말했다.

"유미야, 점심 먹으러 가자."

"그럴까? 뭐 먹을래? 어제는 아르바이트 시간이 늦어서 너무 급하게 나가서 미안했어."

"미안은 무슨. 너 바쁜 거 아마 우리 과 애들 다 알 걸? 그러니까 너무 미안해하지 않아도 괜찮다는 말이야. 빨리 밥이나 먹으러 가자."

"그래."

유미와 혜진이 식당에 앉아 밥을 먹고 있다. 그때 한 남자가 걸어오더니 유미의 식판 옆에 음료수를 내려놓았다. 유미가 뭐냐고 물으니 밥 먹고 마시라고 말하고는 그냥 가버렸다. 혜진은 호들갑을 떨었다.

"와~, 대박. 저 오빠가 너 좋아하나 봐?"
"누군데?"
"몰라? 우리 과에서 저 오빠를 모를 수가 있어? 완전 유명하잖아. 얼굴 잘생겼지…, 공부 잘하지…."
"난 모르겠는데…. 관심 없어. 그리고 나 음료수 싫어해. 너 먹어."
"정말? 앗싸, 진짜? 내가 먹는다. 나중에 딴소리하지 마."
"알았어~."

유미와 혜진은 웃고 떠들며 점심을 먹고 커피를 손에 들고 걷다가 벤치에 앉았다. 혜진이 유미를 빤히 쳐다보았다. 그런데 혜진의 표정에서 뭔가 하고 싶은 이야기가 있음이 그대로 드러났다. 그런 혜진을 본 유미는 바로 눈치를 챘다.
"혜진아, 왜 그래? 너 무슨 일 있어?"
"아니, 그게 아니고…."
"뭔데? 왜 그래?"
"미안, 나 진짜 어려운 부탁 하나만 할게. 무조건 들어줘. 응?"
"뭔데? 왜 그래?"
"무조건 들어 주는 거지?
"뭔지 알아야 들어주든지 말든지 하지. 뭔데? 일단 말을 해봐."
"안 돼. 무조건 들어준다고 약속해. 어? 어? 어? 약속해~."
"알았어. 뭔데?"
"소개팅할래? 아니, 소개팅하자. 해 줘~."
혜진의 말에 유미는 벌떡 일어났다.

"뭐? 소개팅? 싫어."
"한 번만, 딱 한 번만. 이미 약속 다 했단 말이야. 한 번만 살려주라~."
"싫어. 나 그런 거 진짜 싫다고!"
"알아, 아는데 이번 딱 한 번만 부탁할게. 제발 살려주라."
"너, 진짜…. 언제야? 너 진짜 이번 딱 한 번만이야?"
"알았어. 이번 주 금요일. 진짜 고마워. 역시 유미 너뿐이야~."
"진짜 딱 한 번이야."
"알았어~."

소개팅 날인 금요일인데 유미는 학교에 언제나처럼 청바지에 운동화를 신고 편안한 남방을 입고 긴 머리카락을 동그랗게 말아 올려 묶고 왔다. 그 모습을 본 혜진이 당황스러움을 감추지 못했다.
"유미야! 너, 꼴이 이게 뭐야?"
"내 꼴이 왜? 뭐가 어때서?"
"몰라 물어? 너 오늘 무슨 날인지 잊었어? 너 이따 그러고 갈 거야?"
"이게 뭐 어때서?"
"이러고 나감 백 퍼센트 차이지. 내가 원피스에 구두 신고 오라고 했잖아. 머리는 왜 묶었어. 좀 풀어~. 넌 머리 묶지 않는 게 더 예쁘단 말이야."
혜진이 유미의 머리끈을 잡아당기자 긴 머리가 사르르 풀어졌다. 주변에서 다른 남자들이 유미만 쳐다보았다. 주변 시선이 불편한 유미는 당황하며 머리를 다시 묶었다.

"머리는 풀어야 하고, 원피스에 구두를 신어야만 좋다는 남자는 처음부터 만나지 않는 게 좋은 거야. 그럼 난 오늘 못 가겠다."

"유미야~, 그런 말이 아니잖아. 나는 너를 위해서 그러는 거잖아."

"난 나를 있는 그대로 봐주는 사람이 좋아. 그리고 내가 마음에 들면 내가 더 예쁘게 보이고 싶어지겠지."

"그래, 그래. 알았어. 역시 너다워."

혜진과 유미는 서로 마주 보고 결국 웃음이 터지고 말았다. 그렇게 유미는 원래 자신의 모습대로 소개팅 자리에 혜진과 함께 갔다.

"어, 벌써 와 있네. 유미야, 저기야 가자."

"응."

유미는 처음 소개팅 자리에 가는 게 불편하고 어색했다. 얼굴에 전부 쓰여 있다. 혜진이 소개팅 남자와 반갑게 인사를 하며 자리로 가고 유미도 뒤따라갔다.

"둘이 인사해. 여기는 나랑 어릴 때부터 같이 자란 가족같이 편한 친구 김민재이고, 여기는 나랑 같은 과이면서 친한 내 친구 정유미야."

유미는 '김민재'라는 소리에 '쿵' 하며 민재를 바라보고, 민재 역시 '정유미'라는 소리에 유미를 바라봤다. 둘은 인사도 하지 않고 서로의 얼굴을 멍하니 바라볼 뿐이었다. 자리에 앉지도 않고 멍하니 서서 서로만 바라보는 민재와 유미를 보고 혜진은 인사들 하라고 했다.

"안녕하세요. 김민재입니다."

"안녕하세요. 정유미입니다."

"너희 둘이 뭐야. 우리 다 동갑인데 웬 존댓말이야. 일단 뭐 마실래? 내가 주문하고 올게."

"난 아메리카노."

"유미, 너는?"

"…."

"유미야?"

"어?"

"뭐 마실 거냐고?"

"자몽…."

"알겠어. 아메리카노랑 자몽에이드. 둘이 인사하고 있어. 가서 주문하고 올게."

혜진이 주문을 하러 자리를 비우고, 둘은 한참 동안 말이 없었다. 유미는 고개를 들지도 않고 테이블 밑에서 휴대전화만 만지작거렸다. 유미는 소개팅 상대가 민재라는 걸 알았다면 절대 이 자리에 나오지 않았을 것이라고 생각했다.

"오랜만이야. 잘 지냈어?"

"어? 어. 너는?"

"나도 뭐 보다시피."

"그렇구나."

유미는 지금 이 자리가 불편하고, 지금 이 상황이 어색했다. 빨리 이 순간이 지나가기를 바랐다. 아르바이트까지 빼고 나온 자리인데, 친구의 부탁으로 처음이자 마지막이라는 마음으로 나온 자리인데, 하필 이곳에서 만난 사람이 민재라는 사실에 당황스러웠다. 그것도 소개팅이라는 이름으로 만나니 더욱 당황스러웠다.

혜진이 음료를 들고 오는 모습이 보였다.

"민재는 아메리카노, 유미는 자몽에이드, 나는 달달한 캐러멜 마키아토. 역시 달달한 게 최고야. 그런데 둘이 인사는 했어? 왜 이렇게 조용해?"

"혜진, 너 빨리 먹고 가."

"뭐?"

"자리 비켜주는 게 예의 아니냐?"

"뭐야? 쳇! 알았다. 얼른 먹고 이 누나는 사라져주마."

"혜진아, 아니야."

"민재 말이 맞지. 원래 주선자는 빨리 자리를 피해 주는 게 맞는 거지. 둘이 잘 놀고. 김민재, 너! 우리 유미 집까지 잘 데려다줘라! 알았지?"

"알았으니까 빨리 가!"

"아니야. 혜진아, 같이 있어도 상관없어."

"됐습니다. 나 재한테 나중에 잔소리 듣기 싫다. 난 이 달달한 거 테이크아웃하고 그냥 사라지렵니다. 잘 놀아~. 안녕~."

혜진은 먼저 일어나 가고 이제 민재와 유미만 남아있다. 둘이 말이 없었다. 얼마나 지났을까? 유미는 주문한 음료에 입도 대지 않았다.

"이 자리가 불편해?"

"응, 불편해. 나 먼저 일어날게. 혜진이는 너랑 나랑 아는 사이란 거 몰랐으면 좋겠어. 네가 잘 말해줘. 내가 차인 걸로 해. 먼저 갈게."

유미는 그대로 일어서서 카페를 나갔다. 잠시 앉아있던 민재가 벌떡 일어나더니 유미의 뒤를 따라 나갔다. 그리고 앞으로 걸어가는 유미를 잡았다.

"우리 얘기 좀 해."

"난 할 이야기가 없어."

"난 있어. 그러니까 얘기 좀 해."

민재는 유미의 손목을 잡고 걷고 유미는 놓으라고 했지만, 민재는 유미의 손목을 놓아주지 않았다. 조용한 골목길 유미와 민재가 서 있다. 마주 보고 서 있는 두 사람의 눈빛에 복잡하면서도 미묘한 감정들이 섞여 있었다.

"할 말이 뭔데? 난 너에게 할 말도 들을 말도 없는 것 같은데?"

"…."

"할 말 없지? 할 말 없는 것 같으니까 난 이만 갈게."

"그때 왜 안 나왔어? 내가 너를 얼마나 기다렸는지 알아?"

"무슨 소리 하는 거야?"

"우리 16살 겨울 크리스마스 때 너랑 나랑 같이 갔던 놀이동산 앞에서 만나기로 했잖아. 내가 올 때까지 기다린다고 했잖아. 그날 내가 얼마나 오랜 시간 너를 기다렸는지 알아? 진짜 다 잊어버린 거야?"

"너 진짜 무슨 소리 하는 거야? 우리가 언제 그런 약속을 했어? 지금 소설 쓰니? 너야말로 기억이 어떻게 잘못됐구나. 됐어. 이미

다 지난 일이고 따져서 뭘 하겠어. 너와 나는 거기까지인 거야. 잘 지내."

"무슨 기억? 뭐가 잘못돼? 말해봐."

"네가 한 말을 기억하지 못하고 나한테 따져 드는데 내가 뭐라고 하겠어? 난 하루하루 살아가기에도 바쁘니까 이미 지나가 버린 일에 신경 쓰이게 하지 마."

민재와 유미는 서로 다른 감정을 이야기하면서 힘들어하고 있었다. 뭐가 어디서부터 잘못되었는지 알지도 못한 채 상처만 가득 차고 있었다. 돌아서는 유미를 민재는 그저 바라만 볼 뿐이었다. 민재는 4년 전 기억을 떠올렸다. 분명히 유미에게 연락을 했고, 메시지를 남겼다. 크리스마스에 놀이동산에서 기다리겠다고…. 올 때까지 기다리겠다고 분명히 보냈다.

그런데 유미는 나오기는커녕 어떤 연락도 하지 않았다. 전화를 걸었지만, 전화를 받지 않았다. 자신의 기억이 잘못되었을 리가 없었다. 민재에게 화를 내고 돌아서는 유미는 가슴이 무너질 듯 아팠다.

그토록 보고 싶었던 민재를 만났는데 상처만 주었다. 지난 일이 떠올랐기 때문에 유미는 그렇게밖에 할 수가 없었다. 16살 중학교 생활의 마지막을 민재와 보내려고 유미는 나름의 준비를 하고 있었다. 그런데 크리스마스를 얼마 앞두고 민재에게 메시지가 왔다. "다시는 만나고 싶지 않다고, 여기서 그만 헤어지자."라는 이별의 통보를 얼굴을 보고 이야기하는 것도 아니고 전화를 한 것도 아닌 메시지로 통보받았다. 당혹스러움에 바로 전화를 걸었지만, 민재는 전화를 받지 않았다.

유미는 상처를 받았고, 그렇게 민재와의 헤어짐은 아팠다. 터벅터벅 걸어가는 길에 유미의 눈에서 소리 없는 눈물만이 흐를 뿐이었다.

편의점 문을 여는 소리가 들렸다.

"어서 오세요."

"유미야~."

"혜진이 왔구나."

"민재는 잘 만났어? 어땠어?"

"뭐…, 그냥…."

"별로야? 민재가 나름 얼굴도 괜찮고 성격도 괜찮은 앤데…."

"아니, 내가 남자를 별로 만날 마음이나 시간이 없잖아. 그래서…, 예의도 바르고 사람도 좋아 보이더라."

"그렇지? 걔가 보기보다 착하고 순정파야. 또 만나기로 했어?"

"아니."

"연락처도 안 물어봤어?"

"응, 안 물어봤는데…, 별로 궁금하지도 않고. 암튼 난 네 부탁 들어준 거다. 나중에 딴소리하지 않기야. 나 일해야 하니까 빨리 가. 나 이러다 잘리겠어."

"알았어. 내일 학교에서…, 아, 내일 토요일이구나. 주말 잘 보내고 월요일 날 보자."

"그래. 난 일해야 해서 멀리 못 나간다."

혜진이 놀이터에서 민재와 그네에 앉아있다.

"너 솔직히 말해봐."
"뭘?"
"유미 별로야?"
"아니?"
"근데 뭐, 연락처도 안 따고 뭐야."
"아."
"아? 그게 대답이야?"
"네가 말해주면 되겠네."
"몰라, 내가 말해줬다가 나 살아남지 못할걸. 진짜 마음 있으면 유미가 아르바이트하는데 가서 직접 물어보든지 해. 난 이쯤에서 빠질게."

혜진은 민재에게 전화번호 대신 유미가 아르바이트하는 곳을 알려주었다. 이왕이면 카페로 가라고 카페에서 아르바이트가 끝나고 나면 시간이 좀 남으니 그때가 만나서 이야기 나누기 편할 거라는 팁만 주고 가버렸다.

놀이터에 혼자 남은 민재는 머릿속이 복잡하다. 도대체 뭐가 어디서부터 잘못되었는지 도통 이해가 되지 않았다.

아무리 생각해도 유미의 행동을 이해할 수 없는 민재는 유미가 아르바이트하는 카페로 찾아갔지만, 유미가 없었다. 직원에게 물어보았는데 오늘 하루 쉬겠다고 했다는 것이었다. 다른 아르바이트하는 그곳을 찾아갔지만, 그곳에도 유미는 없었다. 마지막으로 레스토랑을 찾아갔는데 그곳에 유미가 있었다. 유미에게 다가가려는 순간, 누군가 민재를 잡아당기는 것이었다. 은수였다.

"너 김민재 맞지?"

"누구?"

"나 기억 안 나? 나 유미 친구 한은수야."

"아, 기억났다. 그때 그 캠프에 너도 있었지? 반갑다."

"반가워? 내가 반가워? 너 진짜 뻔뻔하다. 어떻게 반가울 수가 있어? 혹시 유미 만났어?"

"어, 지난 주말에 우연히…."

"만나서 도대체 이번엔 또 무슨 상처를 준 건데?"

"무슨 소리야?"

"무슨 소리? 그건 네가 더 잘 알겠지. 그걸 왜 나한테 물어?"

은수도 유미처럼 이해되지 않는 소리를 하고 있다. 민재는 자신만 모르는 중요한 어떤 일이 있었음을 감지하고 은수에게 얘기 좀 하자고 하고 둘이 카페로 갔다. 은수와 민재가 서로 마주 보고 앉아있다. 민재는 지금 이 상황이 이해되지 않았다. 고구마를 만 개쯤 먹은 사람처럼 답답했다.

"나는 무슨 상황인 건지 도통 모르겠어. 유미도 이상한 소리만 하고 은수 네가 좀 알려줘. 도대체 무슨 일이 있었던 거야?"

"네가 우리 중학교 마지막 크리스마스가 다가오기 전에 유미에게 문자 메시지 보내지 않았어?"

"우리 처음 놀던 놀이동산에서 크리스마스에 만나자고 보냈어."

"무슨 소리야. 네가 유미에게 보낸 메시지는 그게 아니잖아! 다시는 유미 같은 애 만나고 싶지 않다고 그냥 심심해서 몇 번 만나줬더니 지겹게 달라붙는다고 거머리 같다고 좀 떨어져 나가라고 보냈잖아."

"무슨 소리야! 난 그런 메시지 보낸 적 없어. 내가 보낸 건 놀이동산에서 만나자는 메시지였어. 그리고 아무리 기다려도 유미는 오지 않았고 전화를 했지만, 유미는 전화를 받지 않았어."

"유미는 전화를 받지 않은 게 아니야. 전화를 받을 수가 없었어."

"너한테 그렇게 상처받고 길을 건너다 신호 위반하며 달려오는 차를 못 봤고, 유미 아빠는 그런 유미를 구하다 돌아가셨어. 그때 그 크리스마스에…."

"…."

"도대체 그 문자는 그러면 누가 보낸 건데? 네가 보냈다고 우기는 문자는 왜 유미에겐 오지 않은 건데?"

은수와 민재는 말없이 생각에 잠겨있다. 갑자기 민재가 뭔가 떠오른 듯 은수에게 먼저 가볼 데가 있다고 연락하겠다고 하면서 먼저 일어서 나갔다. 은수는 그런 민재를 보고 한숨을 내쉬었다. 민재가 찾아간 곳은 지은이 다니고 있는 학교였다. 지은은 음대에 다니고 있고, 바이올린을 전공하고 있다. 한창 바이올린을 연습하고 있는 지은과 눈이 마주쳤다. 지은은 해맑게 웃으며 입 모양으로 잠시만 기다리라고 했다. 연습이 끝난 지은이 바이올린과 악보를 정리하고 있다. 함께 연습하던 친구들은 지은에게 남자친구냐며 잘생겼다고 이야기하고 지은은 은근 즐기는 표정을 지을 뿐이었다.

지은이 밝게 민재에게 다가가는데 민재의 표정이 평소와 다르게 차갑게 느껴졌다. 그러나 지은은 대수롭지 않게 생각하고 잠시 다른 그곳에 가서 이야기하자고 하는 민재를 바라보며 밝게 웃으며 민재의 뒤를 따랐다.

"민재야, 어쩐 일이야? 점심 먹었어? 안 먹었으면 같이 먹을래? 우리 학교 식당 음식 진짜 맛있다."

"밥 생각 없어. 너한테 뭐 물어볼 게 있어서 말이야."

"뭐?"

"너 4년 전에 내 핸드폰으로 유미에게 문자 메시지 보냈어?"

"무슨 소리야? 너 지금 날 의심하는 거야?"

"너를 의심하는 게 아니라 그냥 궁금해서 물어보는 거야."

"지금 너 나 의심하는 거잖아."

"그런 거 아니야. 나는…."

"왜? 유미가 네가 헤어지자고 보낸 문자 메시지가 내가 보낸 거라고 말해?"

"뭐?"

"네가 유미에게 헤어지자고 거머리 같다고 문자 보낸 사람이 나라고 말하냐고?"

"난 유미에게 보낸 메시지 내용이 헤어지자고 한 건지 아닌지 너에게 말한 적이 없는데 넌 어떻게 문자 내용을 다 알아?"

"아니, 그게…."

"네가 맞았구나. 혹시나 했는데…."

"민재야!"

"이거 놔! 너 때문에, 너 때문에…, 나는 그것도 모르고…."

"민재야~!"

"이거 봐!"

"난, 유미만 바라보는 네가 싫었어. 유미가 미웠어. 널 바라보는 날 넌 무시했어. 난 네가 나도 좀 바라봐 주기를 바랐어."

"시끄러워!"

민재는 몰랐다. 유미와의 갑작스러운 이별의 원인이 무엇인지 알지 못했고 유미를 원망했다. 유미가 그동안 얼마나 상처를 받았을까?

민재는 유미에게 달려갔다. 저 멀리서 아르바이트하는 유미가 보였다. 하지만 유미에게 선 듯 다가설 수가 없었다. 아르바이트가 끝나고 유미가 나오는 모습이 보였다. 지수와 은수가 유미를 놀라게 했지만, 유미는 밝게 웃었다. 지수와 은수 그리고 유미 셋이서 장난을 치면서 함께 걸어가는 모습을 멀리서 지켜보는 민재는 가슴이 아팠다. 그렇게 유미의 뒷모습을 보고 집으로 돌아온 민재는 책상 앞에 앉아있다.

이

무더위가 한창 시작되는 어느 여름날, 유미는 자신이 다니는 교회에서 청소년 연합캠프에 가기로 했다. 2박 3일 프로그램이라 고민을 했지만, 같이 가자고 계속 얘기하는 친구의 잔소리가 듣기 싫기도 하고, 중학교의 마지막 여름을 특별하게 보내고 싶은 마음이 간절해서 결국 부모님께 허락을 받았다. 여러 학교의 학생들이 교회라는 공통점으로 모였고, 수많은 학생이 설렘과 기대에 부풀어 있다. 함께 '어울림'이라는 목표 아래 5인 1조로 나누어졌는데, 유미는 친구와 다른 조가 되고 전혀 알지 못하는 아이들과 2박 3일을 함께 생활해야 한다는 생각에 불편한 마음과 긴장감이 쉽게 사라지지 않았다.

그러는 동안 저 멀리서 자신의 이름이 적혀있는 곳으로 가서 조별로 모이라는 안내방송이 나오고, 모두 분주하게 자신의 이름이 적혀있는 곳으로 갔다. 유미는 어색하고 긴장되고 불편한 얼굴로 자기 이름을 찾는다. 그러다 친구 은수를 만났다.

"은수야, 넌 몇 조야?"

"나? 6조. 너는?"
"7조…."
"바로 옆이겠네. 다행이다. 가자!"
"그래."
유미와 은수는 함께 걸었다.
"여기다!"
"같은 조였으면 좋았을 텐데…."
"그래도 멀지 않으니까 괜찮아. 다른 친구들도 사귈 수 있으니까 좋게 생각해."
"알겠어."
모두 자리에 앉으라는 안내방송이 나오고 아이들은 분주하게 자리에 앉았다.
"모두 조별로 앉았죠?"
"네~!"
"이제 간단하게 소개하면서 인사할게요. 그리고 조별로 조장을 뽑도록 하세요."
서로 눈치만 보느라 선 듯 인사를 못 하는데 한 남학생이 먼저 자기소개를 했다.
"안녕, 내 이름은 김민재이고, 나이는 16살이야. 만나서 반가워."
그랬더니 그 옆으로 다른 아이들도 자연스럽게 자기소개를 이어갔다.
"안녕, 나는 강경민이라고 해. 나도 16살이야."
"반가워. 나는 정유미고, 나도 16살…."

"반가워 얘들아~, 나도 너희들이랑 똑같이 16살이고, 이름은 정지수야."

"내가 마지막이구나. 반가워. 우리 다 16살 인가 봐. 난 강지은! 뭐, 길지 않은 기간이지만 그래도 잘 지내보자!"

소녀 유미와 소년 민재는 이렇게 처음 만났다. 서로 얼굴을 보며 어색하게 인사하고 있는데, 각 조장은 앞으로 나와서 조의 팀 이름과 간단한 구호를 만드는 미션을 수행할 재료를 받아 가라고 했다. 여기서기에서 앞으로 나가는데 유미가 속한 조에서는 아무도 나서지도 말을 하지도 않자 경민이라는 친구가 민재를 가리켰다.

"네가 조장을 하면 좋을 것 같아."

"내가?"

"빨리 나가. 다들 나간다."

"어? 어…."

그렇게 민재는 앞으로 나가고 조장이 되었다. 각 조의 조장들이 물품을 받으러 간 사이 안내자는 이번 캠프에는 참가자 학생들이 많아서 학년별로 나누었기 때문에 몇 학년 몇조인지를 꼭 표시하라고 하였다. 그제야 아이들은 왜 자신들이 모두 16살인지를 알게 되었고, 서로 보면서 '풋!' 하고 웃었다. 유미도 살짝 미소를 보이기도 하였고, 옆 조에 있는 친구 은수와 마주 보고 웃으며 서로 손을 흔들었다.

민재가 팀 깃발을 만들 재료를 가지고 왔고 안내방송을 했던 것처럼 서로 이야기를 나누며 팀 이름을 먼저 정하기로 하였다. 민재는 아이들에게 먼저 어떤 이름이 좋을지 아무나 편하게 이야기 해보라고 말했다.

"우리 조 이름을 정해야 하는데 어떻게 정하는 게 좋을까?"

"…."

"선생님이 아무거나 상관없다고 했으니까 생각나는 대로 말해보고 정하자."

이때 지은이가 말했다.

"'안녕' 어때?"

"안녕?"

"응, 인사로도 쓸 수 있고 응원 구호로도 나쁘지 않을 것 같아. 새롭잖아."

"좋다. 하자. 안녕. 괜찮네~."

경민이가 웃으며 맞장구를 쳤다.

그렇게 팀 이름은 '안녕'으로 정해지고 덩달아 구호까지 정해진 셈이 되었다. 이제 조별 깃발을 만들기 위해 그림을 그리고 팀 이름도 크게 쓰고 깃발을 완성했다. 그리고 조별로 돌아가면서 각 조의 팀 이름을 말하며 다른 조원들과도 인사를 나눴다. 오늘 처음 보는 사이지만 마치 오래전부터 알고 지낸 사이처럼 아이들은 서로를 보며 웃고 떠들며 즐거워했다. 그리고 그 안에 민재와 유미가 있었다.

"오늘 처음 만나는 친구들도 있을 것이고 아는 얼굴을 만난 친구들도 있겠지만, 오늘부터 2박 3일 동안은 다른 것들은 다 잊고 새로운 친구들을 사귀고 함께 어울리며 좋은 추억을 많이 만들도록 하세요."

"네~, 와~!"

"2박 3일 동안은 유치해지고 바보스러워져도 괜찮아요. 자 이제부터 '1416 연합 수련회'를 시작합니다."

"와~!"

중학생들을 위한 1416 연합 수련회의 시작을 알리는 종이 울리고 너나 할 것 없이 모두가 함성을 지르며 서로 얼굴을 보며 웃었다. 유미와 은수도 서로 마주 보며 손잡고 웃고 즐거워했다. 정말 이 순간만큼은 공부고 뭐고 모든 것들을 잊고 즐겁게 보낼 수 있을 것 같았다. 미리 준비된 게임을 위해 각각의 게임마다 정해진 인원들이 나와서 함께 하는데 대부분 혼자보다는 함께 협동해야 하는 게임들이었다.

첫 번째 게임은 조별로 2명씩 나오라고 했다. 지은이가 민재의 어깨를 툭 치면서 말했다.

"너 민재라고 했지? 첫 번째 게임인데 조장이 모범을 보여야지?"

"내가? 갑자기?"

"응, 네가 갑자기."

"어…, 그래…. 그럼 나랑 같이 나갈 사람?"

"내가 나갈게."

지수가 말했다.

지수와 민재가 첫 번째 게임을 위해 나가게 되고, 첫 번째 게임은 제한 시간 동안 최대한 많은 풍선을 입으로 불어서 터뜨리는 것이었는데, 지수의 선전으로 2등을 했다. 게임을 마치고 자리로 돌아온 지수와 민재는 기운이 빠진 얼굴이었다.

"어지러워. 와~, 장난 아니야. 무슨 이런 게임이 다 있냐?"

"그러게, 풍선 부는 게 이렇게 힘든 일인 줄 몰랐네."

"조금만 더 불었으면 기절했을지도 몰라."

"맞아, 완전히 죽을 뻔했어."

모두가 웃고 즐거워한다. 다른 친구들도 민재와 지수의 모습을 보면서 모두 한바탕 크게 웃었다. 게임이 진행될수록 아이들은 점점 처음 만났을 때의 어색함을 잊고 가까워지고 있었다.

유미도 다른 친구들과 웃기도 하고 하이파이브를 하면서 게임에 참여했다. 적극적인 지은이가 소극적인 유미에게 먼저 말도 걸어주고, 다가가서 유미의 마음도 한결 편안해졌다. 이제 게임이 마지막을 향하고 있다. 마지막 게임은 고조선 조상님 때부터 했을 것 같은 이인삼각이었다. 앞에서 사회자가 조별로 남녀 2명을 앞으로 나오라고 했다. 이때 지은이가 나서며 말했다.

"민재랑 유미랑 나가."

"왜?"

"너희 둘만 같이 나간 게임이 없잖아."

"그래, 나가자!"

"…."

민재가 같이 나가자는 말에 유미가 별다른 반응도, 아무런 대답도 하지 않자 민재는 살짝 서운한 듯 말했다.

"너, 나랑 게임 같이 하는 거 싫어?"

"아니…, 그건 아닌데…."
"뭐야, 싫은 거 맞네~."
"아니야~, 그래. 나가자."
그렇게 민재와 유미는 앞으로 나가고 이인삼각 게임에 참여하게 되었다. 민재가 빨간 리본 끈으로 자신의 발목과 유미의 발목을 묶는데 유미는 뭔가 모를 불편함에 기분이 이상했다. 살짝 긴장된 몸짓과 눈동자는 평소보다 빠르게 움직이며 얼굴 근육은 어색했다.
"유미야, 묶은 발부터 하나야. 알았지?"
"…."
"유미야? 들었어?"
"뭐라고? 미안해."
"묶은 발부터 하나라고!"
"어, 그래. 알겠어."

호루라기 소리에 게임에 참여하는 사람 모두 반환점을 향해 달렸다. 민재와 유미도 달리는데 민재가 유미의 손을 잡았다. 유미는 순간 긴장한 듯한 표정을 지어 보이지만 민재가 이기자는 이야기에 앞만 보고 달렸다. "하나, 둘." 소리를 내며 손을 잡고 달리는 민재와 유미가 간발의 차로 1등을 했다. 둘은 너무 기뻐하고, 민재가 너무 기쁜 나머지 유미를 와락 끌어안았다.
유미는 순간 당황하고 민재는 너무 좋아서 자기도 모르게 그랬다고 미안하다고 하며 잠시 어색한 기류가 흐르는 듯하지만 대수롭지 않게 넘어갔다.

"자! 7조가 1등을 했습니다."

사회자의 한 마디에 환호성이 들리고 둘도 서로를 보며 웃었다.

자리로 돌아온 민재와 유미를 조원들이 환호하며 최고의 조라고 극찬을 하며 서로 기분이 업이 되었다. 이어 사회자가 조별로 저녁 식사를 하고 잠시 깜짝 공연이 준비되어 있으니 저녁을 맛있게 먹으라는 안내방송을 했다. 뷔페로 준비된 저녁은 먹을 음식을 가지고 와서 먹으면 되었다. 옆 조에 앉아있는 은수가 유미를 부르며 재미있지 않냐고 자기 말대로 이곳에 오길 잘하지 않았냐고 하고, 유미도 은수의 이야기에 호응하며 재미있다고 즐거움의 표현을 끄덕임과 웃음으로 대신했다.

그때 옆에 있던 지은이가 둘이 친구냐며 만나서 반갑다고 자신의 이름을 소개했다. 은수도 반갑게 인사를 하고 이제 음식을 가지러 가자고 말했다. 그렇게 셋이서 음식을 가지러 가고 다른 친구들도 음식을 가지러 갔다. 가는 길에 은수가 말했다.

"너희 조에 남자애들 진짜 괜찮은 것 같아."

"그래? 난 잘 모르겠는데…."

"헐! 모를 수가 있어? 너 눈에 문제 있는 건 아니지? 진짜 괜찮아. 특히, 나는 민재가 마음에 들어. 김민재! 애들아, 나 민재 찍었어."

은수의 말에 유미가 대답하려고 하는데 옆에 있던 지은이 유미의 말을 가로챘다. 자신이 민재를 먼저 찍었다며 민재에 관한 관심을 말했다. 당황한 은수와 유미는 서로 쳐다보며 그냥 웃고 지은은 왜 그러냐고 물었다.

"너 진짜 적극적인 것 같아."

"그러게, 마음에 든다고 솔직하게 말할 수 있다니 대단해."

"솔직한 편이긴 하지 내가! 그래야 원하는 걸 안 빼앗기지. 난 내 거 누구든 빼앗는 거 용납 못 해. 진짜 싫어."

"그렇구나! 넌 좀 다른 세상 사람 같이 느껴진다."

"그러게…."

은수와 유미가 하는 말에 지은은 별거 아니라는 표정을 지으며 셋이서 음식을 가지러 갔다. 음식을 가지고 와서 함께 음식을 먹으며, 서로 이야기를 나누며, 함께 웃으며, 즐겁게 저녁을 먹는데, 그때 다른 조의 친구들이 음식을 들고 지나가는 길에 유미를 '툭' 하고 치는 바람에 유미 옆에 앉아있던 민재의 옷에 음식이 쏟아지고 말았다. 유미는 자신이 쏟은 것도 아닌데 민재에게 미안하다고 말하며 어쩔 줄 몰라 하고, 민재는 네가 잘못한 것도 아닌데 미안해하지 않아도 된다고 괜찮다고 말했다.

민재에게 마음이 있는 지은은 휴지를 가지고 민재의 옷을 닦아주며 "괜찮아? 옷이 다 더러워져 버렸네." 하고 말하며 민재에게 친한 듯 이야기를 하고 민재는 "괜찮아, 옷 갈아입으면 돼." 하고 말하며 웃었다. 지은은 자신에게 괜찮다고 말하며 웃는 민재의 모습에 설렌다. 그때 앞에 사회자가 나오더니 "아~, 아~." 하는 소리가 들렸다.

"모두 저녁 맛있게 먹었나요?"

"네~!"

"이제 잠시 후 공연이 시작될 예정입니다."

"공연, 공연 한대." (여기저기서 웅성웅성한다.)

"조용, 조용!"

"(갑자기 조용해진다.)"

"지금이 7시 50분이니 잠시 정리하고 쉬다 8시 30분에 조별로 앉아서 공연을 관람하시기 바랍니다."

"네~!"

유미와 은수는 서로 마주 보면서 공연을 향한 기대를 담아 두 손을 곱게 모으고 서로를 바라보며 웃었다. 조장인 민재가 조원들에게 다들 할 일 하다가 8시 30분이 공연이니까 10분 전에 미리 모이자고 말하고, 다른 아이들은 알겠다고 말하고 어디론가 갔다. 지은은 민재에게 뭐 할 것이냐고 물어보자 민재는 다른 데 갈 데도 없고 그냥 여기 있을 거라고 말했다. 지은은 자기는 아이스크림을 먹으러 가려고 하는데 같이 가지 않겠냐고 물었고, 민재는 아이스크림 별로 좋아하지 않는다고 거절했다. 지은은 기분이 조금 상했지만 아무렇지도 않은 척 혼자 다녀오겠다며 가 버렸다. 유미는 은수네 조의 테이블로 가서 앉았다. 은수와 유미는 다른 데 가지 않고 서로 수다를 떨면서 이 순간을 즐겼다. 한참 이야기를 하다 혼자 앉아있는 민재를 보면서 은수가 말했다.

"재는 왜 혼자 앉아있을까?"

"몰라."

"우리 재 있는데 가보자."

"왜?"

"와 봐~!"

은수가 먼저 일어나서 민재가 앉아있는 자리로 갔다.

"안녕?"

"안녕."

"난 유미 친구 은수라고 해. 한은수."

"어, 난 김민재. 반갑다."

"유미야~, 이리 와."

"어."

"근데 넌 왜 혼자 있어. 너 혹시 왕따야? 하핫."

"은수야, 왜 그래."

"괜찮아, 있다가 공연 때 내가 연주하는 게 있어서 머리 정리하고…."

"대박. 너 공연해? 멋있다. 유미야, 민재 있다가 공연 한대. 대박이지?"

"그렇구나. (민재를 보며) 무슨 공연 하는데?"

"드럼!"

"너 진짜 대박이다."

민재와 유미와 은수 셋이서 깔깔깔 웃으며 이런 애기 저런 애기를 하다 보니 시간은 어느덧 공연 시간이 다 되었다. 그때 저 멀리서 지은이 다가오는 모습을 보면서 은수가 지은이 마음에 안 든다고 이야기를 했고, 유미는 그렇게 말하지 말라고 했다. 지은은 아주 친근하게 다가오며 손을 흔들며 무슨 이야기를 그렇게 재미있게 하냐며 묻는데 민재가 별 애기 아니라며 아이스크림은 잘 먹고 왔냐고 물으며 화제를 바꿨다. 지은은 민재의 물음에 웃으며 아이스크림 사려고 줄을 선 사람들이 너무 많아서 그냥 왔다며 허탈해하는 표정을 지었다. 유미는 다음에 먹으면 된다면서 지은에게 이야기했고, 지은은 유미의 이야기에 듣는 둥 마는 둥 대충 대답하고는 민재만 바라보았다. 은수는 그런 지은이 마음에 들지 않아 얼굴을 일그러뜨렸다.

사회자의 진행으로 드디어 공연이 시작되고 여기저기서 환호성이 들리면서 공연에 대한 기대감을 표현했다. 유미와 은수도 서로 조가 달라 함께 앉아서 공연을 관람할 수는 없었지만, 서로 마주 보다 손뼉을 치다 웃기도 하면서 즐거워했다. 민재는 공연하기 위해 미리 나갈 준비를 하고 유미는 그런 민재를 보면서 잘하라고 말하고 민재는 고맙다고 했다.

그런 둘의 모습을 보고 지은은 무슨 상황인지 몰라 뭐냐고 묻자 유미는 민재가 공연한다고 그래서 잘하라고 말한 거라고 하고 지은은 왜 혼자만 알고 있었냐는 식으로 말하는데, 민재가 유미도 방금 자신이 이야기해줘서 안 거라고 하는 민재의 말에 갑자기 표정이 바뀌면서 민재를 응원했다. 지은은 매우 감정적이며 자신의 감정을 전혀 숨기지 못하고 얼굴이나 행동에 그대로 드러냈다.

여러 공연이 시작되고 모두 신나고 즐거웠다. 유미가 속한 7조의 친구들도 서로 웃으며 즐거워했다. 한참 손뼉을 치며 즐거워하는데 지수가 민재가 나온다고 이야기를 하고 모두 반기며 환호했다. 민재는 전에 없던 표정과 에너지로 드럼을 연주했다. 중학생의 연주 실력이라고 믿을 수 없을 만큼의 수준급 연주였다. 모두가 민재의 공연을 보며 환호하고 유미도 민재의 공연을 보면서 민재가 달라 보이기 시작했다.

공연을 마쳤는데 여기저기서 앙코르 공연이 쏟아져 나올 만큼 완벽한 공연을 했다. 무대 아래로 내려와 조원들이 있는 곳으로 걸어가는 민재를 보면서 사람들은 환호를 아끼지 않았다. 민재가 자리에 앉자 친구들은 멋있다고 칭찬을 아끼지 않았고, 특히 지은이는 민재 옆으로 다가가 앉아서는 호감을 보이며 멋있다는 말을 몇 번이나 했는지 셀 수 없었다.

공연이 마무리되고 사회자는 오늘 순서가 끝이 났다고 각자 배정된 방으로 가서 쉬고 내일 아침에 기상 미션이 있으니 모두 6시에 기상하라는 말에 모두 너무 한다고 하지만 사회자는 너무 늦으면 5시에 하느냐고 묻자 모두 아니라고 말했다. 사회자는 웃으면서 내일 아침에 만나자고 잘 자라고 말하고 자리를 떠났다.

서로 내일 만나자고 인사하고 각자 숙소로 향하고 은수와 유미도 함께 갔다. 다행히 은수와 유미는 같은 방을 배정받아서 같이 있을 수 있어서 좋아했는데 배정받은 숙소에 가니 같은 방을 써야 하는 다른 사람들이 먼저 와서 있는데 성격이 동갑임에도 불구하고 조금 센 언니들 포스에 유미와 은수는 긴장하는 표정을 지으며 짐을 대충 정리하고 씻는 것도 대충하고 잠자기 전까지 밖에서 이야기하다 들어오자고 하고는 밖으로 도망 나오듯이 나왔다.

날이 좋은 여름밤, 시골 하늘이라 별들이 가득하고 풀벌레 소리도 들리고 유미와 은수는 이 시간이 행복하고 좋았다. 둘이 걸으며 이런저런 이야기를 하는데 유미가 먼저 말을 했다.

“아까 우리 조에 김민재라는 애 기억나?”

"아, 그 드럼 연주하던 애?"
"응."
"왜~? 너 걔 맘에 드는구나?"
"야~."
"왜? 아니야? 맘에 든 것 같은데 뭐~, 말해봐 맞지?"
"그런 거 아니야. 그냥 그 애가 드럼 연주하는데 완전 다른 사람 같다고 말하려고 한 거거든."
"완전히 넘어갔네. 넘어갔어~."

둘이서 이런저런 이야기를 하는데 갑자기 어디선가 '뭐가 넘어가?' 하는 소리가 들렸다. 유미와 은수는 당황스러움에 고개를 이리저리 돌렸다. 민재와 지수였다.

유미는 당황하고 은수는 왜 남의 이야기를 몰래 듣냐면서 따지듯이 이야기하는데, 지수가 들리는데 어떻게 안 듣냐고 말하고 민재와 유미는 그만 하라고 말렸다. 지수는 알았다고 하면서 둘이 무슨 이야기를 그렇게 즐겁게 하냐고 묻고 유미는 혹시라도 자신의 이야기를 들었을까 봐 걱정된 듯 아무것도 아니라고 말했다. 지수가 재미있는 이야기는 같이 공유하는 거라고 하는데 민재가 방해하지 말고 가자고 했다. 그러자 민재에게 호감을 느끼는 유미를 위해 은수가 한 마디 건넸다.

"내일 아침 기상 미션 우리 같이 할래?"
"은수야! 너 왜 그래?"
"왜~, 같이 하면 재미있고 좋잖아~. 안 그래?"
"그러지 마. 얘들아, 아니야. 은수 말은 잊어버려. 신경 쓰지 않아도 돼. 우리 먼저 갈게. 너희들 잘 놀다 잘 자. 안녕. 우리 먼저 갈게."

"잠깐만! 같이 해. 내일 미션."

"어?"

"내일 미션 같이 하자고!"

민재와 지수는 내일 아침에 만나자고 말하고 가고 은수는 유미에게 호들갑을 떨면서 이것은 신이 준 기회라고 잘해보라고 하고 유미는 혼자 민망해하며 아니라고 말은 하지만 내심 기분이 좋았다.

다음날 은수와 유미가 함께 웃으며 밖으로 나가는데 민재와 지수가 먼저 나와서 기다리고 있었다. 유미와 은수를 보자 반갑게 인사를 했다.

"안녕~?"

"안녕! 잘 잤어?"

"응, 너희는?"

"우리도…, 뭐…, 잘 잤어."

"잘 자기는 개뿔. 우리 잠 하나도 못 잔 거 알아? 우리 방에 같이 쓰는 애들 엄청 무서워."

"은수야~."

"알았어. 암튼 아침부터 만나니 더 반갑다. 출발해보자~."

아침 기상 미션은 앞산에서 하얀 깃발을 찾아오는 것이고, 시간은 7시까지였다. 그 깃발이 아침 식권 역할을 대신하는 것이었다. 결국, 깃발을 7시까지 찾지 못한 사람은 아침 식사를 할 수 없다는 소리였다. 산에 올라가기 귀찮은 아이들은 진작 포기하고 잠을 선택한 아이들도 있었고, 서로 먼저 찾겠다고 산으로 향하는 아이들도 있었다. 유미와 은수, 그리고 민재와 지수 이렇게 넷도 깃발을 찾기 위해 산으로 향했다. 얼마나 올랐을까? 올라가고 있는데 깃발이 보였다. 은수가 깃발을 뽑으려고 올라가는데 뒤에서 누군가 빠르게 뛰어오더니 먼저 깃발을 뽑고는 먼저 뽑아 미안하다며 먼저 내려가 아침을 먹겠다며 약 올리듯이 내려가 버렸다.

은수는 화가 나면서 빨리 깃발을 찾지 않으면 산에 올라오기만 했고, 아침을 굶게 생겼다면서 빨리 올라가자고 목소리를 높였다. 다들 그 은수의 이야기에 맞는 말이라며 부지런히 올라갔다. 한참을 가다 보니 다시 깃발이 보였다. 이번엔 전처럼 빼앗기지 않으려고 은수가 급하게 가서 깃발을 뽑았다. 유미가 잘했다며 손뼉을 치는 모습을 보면서 민재와 지수는 서로 마주 보고 웃으며, 따라서 손뼉을 쳤다. 은수도 같이 손뼉을 치면서 웃으며 이제 3개만 더 찾으면 된다면서 더 올라가 보자고 이야기하고 다들 깃발을 찾아 올라갔다.

그렇게 깃발이 하나, 둘 쌓이고 이제 1개만 더 찾으면 되었다. 그런데 마지막 남은 한 개를 찾기가 쉽지 않았다. 한참을 찾고 있는데 저 멀리서 하얀 것이 보이고 넷은 동시에 저기에 있다며 외쳤다. 다른 아이들이 뽑기 전에 빨리 먼저 뛰는 사람이 뽑자면서 달리는데 지수가 1등으로 도착하고 깃발을 뽑는데 달리다가 유미가 미끄러지면서 넘어졌다. 앞서 달리던 민재가 넘어지는 소리를 듣고 유미에게 다가와 괜찮냐고 물었고 유미는 괜찮다고 이야기를 했고 깃발을 뽑은 지수에게로 가서 최고라고 이야기를 하면서 하이파이브를 했다. 은수도 유미에게 넘어진 거 괜찮은지 물었고 유미는 괜찮다고 말은 하지만 무릎에서는 피가 흘렀다. 은수는 피가 나는데 뭐가 괜찮냐고 하지만 유미는 내려가서 약 바르면 된다고 걱정하지 말라고 하고 그렇게 넷은 산에서 내려왔다. 함께 깃발을 찾아서 아침도 함께 먹고 넷은 어제보다 좀 더 가까워졌다.

아침을 먹고 유미는 넘어져서 다친 무릎에 약을 바르려고 인솔자를 찾는데 인솔자가 보이지 않았다. 그래서 대충 물휴지로 닦고 나중에 약 발라야겠다고 생각하고 물휴지로 닦고 있는데 누군가 다가오는 모습이 보였다. 민재였다.

"물휴지로 닦지 말고 약을 발라야지."

"어?"

"왜 약을 안 바르고 물휴지로 닦고만 있냐고."

"아, 아무도 안 계셔서 일단 흙만 좀 닦아내고 나중에 약 달라고 해서 바르려고."

"나중에 바르면 덧나."

그러면서 자신이 들고 온 약을 꺼내서 발라주었다. 약을 다 바르고 유미는 민재에게 고맙다는 인사를 하고 가려고 하는데 민재가 말했다.

"우리 친하게 지내자."

"어?"

"넌 내 말을 한 번에 잘 알아듣지 못하나 봐? (웃는다.) 우리 친하게 지내자고. 난 네가 마음에 들어. 좋아. 캠프가 끝나도 계속 연락하고 지냈으면 좋겠어."

"…."

"왜? 싫어?"

"아니."

"그럼 우리 오늘부터 친구 하는 거다."

"어?"

"또 못 들었어? 거봐 내 말 한 번에 듣지 못…."

"들었어. 들었다고! 그래. 좋아. 네가 좋아. 아니, 나도 너랑 친구 하는 거 좋아."

그렇게 민재와 유미는 조금 더 가까워지고 조금 더 특별해지고 있었다. 유미가 민재와 걸어오는 모습을 은수가 봤다. 은수는 유미를 부르고 유미는 민재에게 이따 보자고 급하게 인사하고 은수에게 갔다. 은수는 둘이 뭐냐며 장난치듯 묻고 유미는 아무것도 아니라고 하지만 은수는 뭐냐고 둘이 사귀기로 한 거냐고 웃으며 이야기하고 유미는 그런 것 아니라고 그냥 친하게 지내자고 연락처 물어봐서 알려줬다고 말하니 은수는 그게 그거라며 호들갑을 떨고 유미는 그거랑 그건 다르다고 말하며 둘은 함께 걸어갔다.

캠프 이틀째가 되니 처음 보는 아이들도 서로 매일 봤던 친구들처럼 가까워지고 첫날보다 분위기가 좋아졌다.

"아침에 운동하고 밥 먹으니까 좋죠?"

"네~."

"오늘은 조별로 협동심을 요구하는 프로그램들이 많아요. 싸우지 말고 잘해봅시다."

"네~!"

"조원이 5명인 조도 있고 6명인 조도 있는데 상관없이 조원 모두의 협동심만이 중요하기 때문에 우리 조는 인원이 많다 적다 할 필요 전혀 없어요. 첫 번째 활동은 항아리에 물 빨리 채우기인데 무조건 2명 이상씩 이동해야 하고 먼저 출발한 사람이 들어온 후에 터치하고 다음 사람이 물을 나를 수 있어요. 모두 이해했나요?"

"네~!"

방법은 간단했다. 단순하게 커다란 항아리에 물을 가득 채우는 것이었다. 지은은 민재와 출발하려고 준비하고 있는데 경민이 나와서 있다. 경민이 나온 모습을 보고는 지은이 유미에게 먼저 하라고 하고 유미는 알겠다고 하고 먼저 했다. 경민은 지은과 하고 싶었는데 못내 아쉬웠다. 경민과 유미가 들어오니 그다음엔 민재와 지은이 출발했다. 지은은 물을 들고 걸으며 민재에게 대뜸 전화번호를 알려달라고 하고 계속 연락하면서 친하게 지내자고 했다. 바로 대답하지 않는 민재에게 지은은 왜 말이 없냐면서 자기랑 연락하기 싫으냐고 묻고 민재는 갑자기 자신의 질문에 바로 대답하지 못한 유미를 떠올리며 '이런 기분이구나.' 하고 혼자 중얼거렸다. 지은은 무슨 기분이냐며 묻고 민재는 아니라며 친하게 지내자고 전화번호는 지금 하는 게임 끝나고 알려준다고 하고 지은은 뿌듯해했다. 그렇게 몇 번을 옮겨도 항아리의 물은 채워지기가 쉽지 않았다.

두 명씩 돌아가면서 물을 나르는데 이번엔 민재와 유미가 함께 나르게 되었다. 서로 조심히 잡고 함께 물을 나르는데 유미는 가슴이 콩닥거렸다. 그건 민재도 마찬가지였다. 민재가 유미를 빤히 쳐다보고 유미는 민망해 그만 보라고 하는 순간에 민재가 스텝이 꼬여 비틀하더니 들고 있던 물 바구니가 유미의 얼굴 위로 쏟아지고 말았다.

다른 친구들이 빵 터져 웃고 민재도 '풉' 하고 웃는데 유미가 웃지 말라고 했지만, 이미 터져버린 웃음은 멈출 수가 없었다.

"그만 웃어."

"너 지금 진짜 웃겨."

"그만하라고!"

"완전 물에서 건진 물미역 같아."

유미는 얼굴을 덮은 긴 머리카락을 옆으로 저치면서 민재의 등을 치면서 그만 웃으라고 하고 다른 친구들도 웃었다. 그렇게 항아리 물 채우기는 우습게 지고 말았지만, 민재와 유미는 조금 더 편안해진 사이가 되었다.

두 번째 활동은 무작위로 전화번호가 적힌 전화번호부를 한 장씩 찢어서 나눠주었고, 그 안에서 가장 큰 숫자를 찾은 사람 1명과 가장 작은 숫자를 찾은 1명이 대표가 되어 앞으로 나오라고 했다. 지은이 가장 작은 숫자를 찾았고, 경민이 가장 큰 숫자를 찾았다. 조별로 뽑힌 두 사람이 앞으로 나왔고 게임은 아이스크림 빨리 먹기 게임이었다. 경민이 지은에게 이기자고 하니 지은은 어떻게 이기냐고 하는데 민재와 지수가 파이팅을 외치자 지은도 파이팅을 외치며 조금 전까지 자신 없던 모습은 온데간데없었다.

"너 최대한 빨리 먹어."

"알겠어! 너도 빨리 먹어."
"응, 꼭 1등 할 거야."
"1등이 그렇게 좋아?"
"좋지. 난 지는 거 싫어. 내 거 빼앗기는 것도 정말 싫어."

지수와 민재 그리고 유미는 열심히 응원하고 지은과 경민은 열심히 아이스크림을 먹고 경민의 얼굴에 아이스크림이 잔뜩 묻은 모습을 보고 지은이 웃자 경민도 웃었다. 게임을 하면서 아이들은 점점 친해지고 우정 같은 것이 생기기 시작했다. 경민과 지은이 최선을 다해서 먹었지만 다른 조의 덩치 좋은 남학생 둘이 나와서 순식간에 먹는 바람에 1등을 하지는 못했지만 그래도 서로 즐거워했다.

"재네는 사람 안 같아. 엄청나게 빨라."
"그러니까. 완전히 사기야."
"그래도 나름의 재미는 있었잖아?"
"1등을 못 했잖아."
"다음에 꼭 1등 하면 되는 거지 뭐."
"치…."

사회자가 오늘의 하이라이트라며 보물찾기를 한다고 하니 여기저기서 뭐냐고 초등학생도 아니고 유치하다고 하는데 사회자가 선물을 보면 그런 말이 안 나올 거라면서 모두 열심히 하길 바란다며 보물을 숨겨둔 곳을 이야기하는데 너무 광범위해서 여러 곳에서 불만이 속출하지만, 사회자는 크게 신경 쓰지 않았다. 지수가 여기 와서 운동만 하는 것 같다고 말하니 모두가 웃으며 그런 것 같다며 맞장구를 쳤다.

보물찾기는 개인전이라는 말에 모두가 자신이 더 좋은 보물을 찾겠노라며 순식간에 여기저기로 흩어졌다. 지은이 민재에게 같이 찾자고 하는데 민재는 화장실 다녀와서 출발한다고 먼저 출발하라고 하고 지은은 경민과 지수와 함께 출발하고 유미는 은수와 함께 출발했다. 유미와 은수는 어떤 보물을 찾으면 좋겠는지 웃으며 이야기를 하느라 정신이 없었다.

"넌 어떤 보물이면 좋겠어?"

"글쎄? 뭐가 숨겨져 있는 걸까?"

"찾아봐야 알겠지만, 진짜 좋은 보물이면 정말 좋겠다."

한참을 돌아다녀도 보물은커녕 머리카락 하나 보이지 않아 답답했다. 은수는 빨리 뭐라도 찾고 싶은 욕심에 유미에게 사람들이 많이 안 다니는 곳에 가보기를 권유하고 유미는 위험한 것 같다고 그냥 포기하고 돌아가자고 하지만 은수는 포기하지 못했다. 결국, 유미는 은수의 말대로 따라갔다. 인적이 드물어 뭔가 긴장감이 돌았다. 유미는 무서워 은수의 팔을 꼭 잡고 은수는 유미에게 왜 이렇게 겁이 많으냐면서 걱정하지 말라고 웃으며 말했다. 둘은 그렇게 웃으며 다시 보물을 찾았다.

아무리 찾아도 보물이 보이지 않자 은수가 아무래도 이곳까지는 숨기지 않았을 것 같다면서 돌아가자고 하고 유미는 듣던 중 반가운 소리인지 웃으며 빨리 가자고 했다. 둘이 웃으며 이런저런 이야기를 하면서 돌아가는데 갑자기 뭔가 툭 튀어나오는 듯한 느낌이 들었다. 갑자기 놀라는 바람에 은수와 유미는 넘어졌는데 은수가 발목을 접질렸다. 유미가 괜찮은지 물어보는데 은수가 많이 아파했다.

유미는 주변에 소리치면서 누가 있는지 없는지 불러보지만 아무도 대답하지 않았다. 유미는 계속 기다리고만 있을 수 없어 은수를 업고 가려고 하는데 은수보다 덩치가 작은 유미는 은수를 업기에는 버거웠다. 유미는 친구인 은수를 위해 최대한 부축하고 조금씩 앞으로 걸어갔다. 얼마나 갔을까 앞에 누군가 보였다. 유미는 도와달라고 크게 소리쳤다. 돌아본 사람은 지수였다. 지수가 놀라 가까이 다가와 왜 그러냐고 하니 넘어져서 다리를 접질렸다고 하고 지수는 은수를 단번에 업고 갔다. 유미가 지수에게 만나서 다행이라고 고맙다고 말하고 은수도 고맙다고 말했다. 지수 등에 업힌 은수는 지수가 다르게 보였다.

보물도 찾지 못하고 다리만 다친 은수는 속상해했다. 그리고 유미에게 미안해하는데 유미는 미안해하지 말라고 하고 보물을 찾지 못하면 어떠냐면서 웃었다. 그 모습에 은수도 따라 웃고 지수도 웃고 모두 웃었다.

저녁 식사 시간이 끝나고 어느덧 마지막 밤이 다가왔다. 사회자는 캠프의 꽃 캠프파이어가 잠시 후 시작될 것임을 알리고 모두 모이기를 알리는 소리가 들렸다. 유미는 은수와 함께 있었다.

“난 다리가 불편해서 캠프파이어는 빠지는 게 좋을 것 같아.”

“너 없으면 난 무슨 재미야.”

“다른 애들하고 이제 매우 친해졌으니까 가서 재미있게 놀아.”

"…."

"얼른 가."

"알겠어. 좀 쉬고 있어."

"알았어. 내 걱정을 하지를 마세요."

그렇게 유미는 은수 없이 혼자 캠프파이어 하는 곳으로 걸어간다. 그때 지수가 유미에게 다가왔다.

"유미야."

"어, 지수야."

"캠프파이어 하는데 가는 거야?"

"응."

"은수는 좀 괜찮아?"

"응, 지금 쉬고 있어. 캠프파이어는 다리가 불편해서 못한다고…."

"그렇구나. 늦겠다. 얼른 가자."

"그래."

유미와 지수는 이야기하면서 함께 걸었다. 이미 많은 학생이 와 있고 캠프파이어에 불을 피울 준비를 거의 다 마쳤다. 저 멀리서 경민이 부르는 모습을 보고 유미와 지수는 경민이 손을 흔드는 곳으로 갔다. 이미 민재와 지은도 와 있었다.

"너의 둘 뭐야? 왜 같이 와?"

경민의 장난에 유미는 당황하고 경민은 그런 유미의 모습이 재미있어 계속 놀렸다. 그러자 지수가 유미 친구 은수가 다리를 다쳐서 도와주느라 그런 거라고 설명을 하지만 경민은 믿지 않겠다는 듯 히죽히죽 웃었다. 지은이 많이 다친 거냐고 묻고 유미는 접질렸는데 걷기가 불편해서 그냥 쉬기로 했다고 말했다. 민재는 그런 유미를 가만히 바라보고 고개를 돌려 민재와 눈이 마주친 유미는 어색하게 웃고는 고개를 돌리는데 계속 민재와 눈이 마주치니 민망했다. 사회자의 진행으로 캠프파이어의 불이 붙었다. 모두가 환호하는 소리가 들리고 여기저기에서 사진을 찍는 소리도 들렸다.

"여러분 오늘이 마지막 밤이네요. 이 시간은 특별히 규칙도 없고 미션도 없습니다. 함께 친해진 친구들과 마지막 추억을 많이 쌓으시길 바랍니다."

"와~!"

여기저기서 환호성이 나오고 음악 소리가 들렸다. 자유롭게 음악에 맞춰 춤을 추는 아이들도 있고, 기타를 치는 아이들도 있고 노래를 부르는 아이들도 있다. 마음에 들고 친해진 친구들과 사진을 찍기도 하고 연락처를 교환하기도 했다. 유미는 은수가 없으니 활활 타오르는 나무를 보면서 있다. 그때 민재가 다가와 옆에 앉았다.

"혼자 뭐해?"

"그냥 있어. 저 불빛 예쁘지 않아?"

"그래? 그런 생각 해본 적은 없는데 네 말을 듣고 보니 예쁜 것 같기도 하네."

"뭐야~."

"우리 여기서 헤어져도 계속 연락해도 되지?"

"어? 그래…."

"넌 취미가 뭐야?"

"난 책 읽는 것도 좋아하고 음악을 듣거나 공연 보는 것도 좋아해. 너는?"

"난 음악을 좋아해."

"아, 너 어제 드럼 연주 잘하더라."

"정말? 다음에 연주해줄까?"

"어? 그래."

민재와 유미는 조금 더 가까워지고 친해지고 있었다. 둘이 이야기를 하는데 지수와 지은 그리고 경민이 다가왔다.

"너희 둘이 뭐가 그렇게 즐겁냐?"

"그러게, 오늘 마지막 밤인데 즐겁게 놀아보자고."

"그래."

"헤어졌다고 모른척하지 말고 자주 연락하면서 친하게 지내자."

"모른 척을 왜 하겠어. 이것도 다 인연인데…."

"뭐야~, 나이 든 사람처럼 이야기하는 거야~."

모두가 마지막 밤인 이 순간을 즐겁게 보냈다. 활활 타오르는 저 불꽃처럼 순수한 16살의 마음에도 작은 불꽃이 피기 시작했다. 그리고 끝나지 않을 것 같았던 한 여름날의 캠프도 끝이 나고 서로 다음을 기약하기도 하고 헤어짐을 아쉬워하기도 하면서 그렇게 서로의 일상으로 돌아왔다. 마치 아무런 일도 일어난 적 없었던 것처럼….

삼

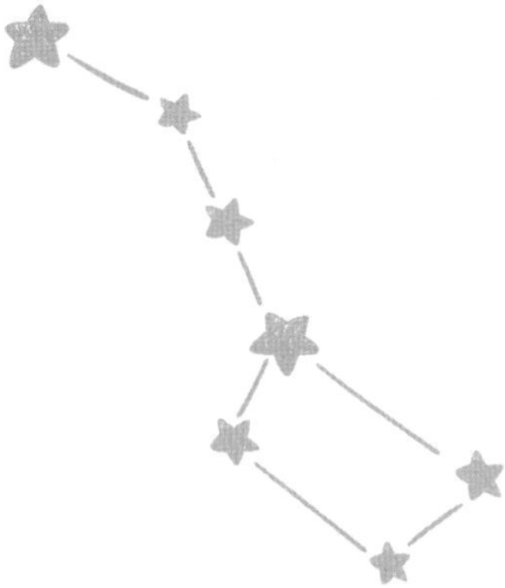

은수의 전화벨이 울렸다. 모르는 번호에 받을까 말까 고민하다 받았는데 아무 소리도 들리지 않았다. 은수가 끊으려고 하는 찰나 멀리서 “여보세요.” 하는 소리가 들렸다.

“여보세요. 누구세요?”

“나야, 민재.”

“어? 웬일이야?”

“오늘 잠깐 만날 수 있을까?”

“그럼 점심시간 때쯤 우리 학교로 올래?”

“그래, 알았어.”

민재가 은수의 학교로 찾아가 은수를 기다리고 있다. 길을 지나던 여학생들이 민재를 보고 잘생겼다며 한마디씩 하며 지나갔다. 은수가 친구와 건물 밖으로 나왔다. 민재가 기다리고 있는 모습을 보고 친구에게 먼저 간다고 인사를 하고 민재에게 갔다.

“오래 기다렸어?”

“아니, 조금 전에 왔어. 어디 조용한 곳 있어?”

"따라와."

민재와 은수가 나란히 걸어가는 모습을 저 멀리서 지수가 보았다. 지수의 표정이 좋지 않았다. 학생들이 많이 다니지 않는 길이 학교 안에 있다. 그 앞 벤치에 앉았다.

"무슨 일인데 나한테 전화를 다 한 거야? 나랑 할 이야기가 있나?"

"은수 네가 나를 좀 도와주면 좋겠어."

"이건 또 무슨 소리래?"

"너 예전에 우리 처음 만났던 캠프 기억나?"

"기억하지. 근데 왜?"

"그때 만났던 강지은이라고 기억해?"

"아, 그 싸가지?"

"어?"

"미안, 난 그때 그 애 지은인가 뭔가 하는 애 재수 없게 봤거든. 암튼 그 애가 뭐?"

"처음에 우리 다섯 명이 다 같이 만나서 놀기도 하고 그랬잖아."

"근데?"

"그때 지은이가 내 휴대전화로 유미에게 문자 메시지 보낸 거래. 지난주에 확인했어."

"근데 그 얘길 왜 나한테 하는 거야? 오해를 풀고 싶은 거면 유미를 직접 만나면 되는 거 아냐?"

"유미가 계속 나를 피하고 만나주지를 않아서 네가 도와주면 좋겠어."

"둘 문제는 둘이 알아서 해. 난 남녀 문제에 끼고 싶지 않다."

"부탁할게. 도와달라고 할 데가 너밖에 없어서 그래. 나 좀 도와줘. 유미랑 오해 풀고 싶어."

은수는 민재의 진심이 느껴졌다. 유미를 생각하는 진심이 예전 그대로임을 느꼈다. 하지만 유미가 그동안 많이 힘들어하는 모습을 직접 가까이에서 봐왔기 때문에 선 듯 도와주겠다고 나서지 못했다. 민재는 계속 매달릴 수가 없어서 미안하다는 말을 남기고 돌아서는데 은수가 민재를 불렀다.

"나는 둘이 그냥 만나게만 해줄 거야. 나머지는 네가 알아서 해. 더는 나도 어쩔 방법이 없어."

"고맙다."

"난 간다. 약속 잡으면 연락할게."

그렇게 말하고 은수는 뒤도 돌아보지 않고 가 버렸다.

저 멀리서 걸어오는 은수를 지수가 본다. 지수가 은수를 불렀다.

"어디 다녀와?"

"어, 누구 좀 만나느라고."

"누구?"

"너도 기억하려나? 우리 중학교 때 캠프에서 만난 김민재라고."

"아, 그 드럼 치던 애?"

"맞아. 걔가 드럼 쳤지. 맞아 그 애 만나고 왔어. 할 말이 있다고 그래서. 밥이나 먹으러 가자! 배고프다."

"어, 그래."

지수는 마음 한편이 찜찜했다. 이제 겨우 유미와 가까워졌는데 갑자기 민재가 나타나서 불안했다. 그리곤 갑자기 유미에게 전화를 걸어 안부를 물었다. 유미는 아무렇지 않게 잘 있다면서 반갑게 전화를 받고 지수는 조금 마음에 편안함을 느꼈지만, 여전히 불안한 마음은 어쩔 수가 없었다.

지은이 민재의 집 앞에서 민재를 기다리고 있다. 저 멀리서 민재가 걸어오는 모습을 보고 지은은 긴장한 표정을 짓고 크게 숨을 여러 번 내쉬었다.

"민재야!"

"여기 왜 왔어. 돌아가."

"내 얘기 좀 들어줘."

"난 더는 너에게 들을 이야기가 없는 것 같은데?"

"미안해. 그때 내가 너무 어리석었어. 나도 엄청나게 후회했어. 하지만 나도 방법이 없었어."

"후회했다고? 그러면 바로 나에게 이야기를 하든지 유미에게 이야기하든지 해야 했어. 그때 그 일로 유미는 아버지를 잃었어."

"뭐라고?"

"네가 보낸 문자 때문에 길을 건너다 차가 오는 것도 보지 못하고 유미 아버지가 유미를 구하다 돌아가셨다고. 그 문자 메시지 때문에…."

"난, 난 정말 일이 그렇게까지 될 줄은 몰랐어. 그냥 너랑 유미랑 못 만나게 하려고 그랬던 것뿐이야. 나도 널 좋아했는데 넌 유미만 바라봤으니까…, 내가 먼저 널 좋아했는데…."

"그걸 지금 변명이라고 하는 거야?"

"미안해."

"돌아가. 다시는 널 보고 싶지 않아."

"그러지 마, 제발. 내가 유미에게 대 해명할게. 유미에게 메시지를 보낸 것도 네가 보낸 메시지를 지운 것도 모두 내가 한 짓이라고 다 말할게. 그러니까…."

"뭐? 내가 보낸 메시지도 네가 지웠다고? 그래서 유미가 무슨 메시지냐는 말을 했구나."

"아니 나는…."

민재는 뒤도 돌아보지 않고 집으로 들어가 버렸고 지은은 눈물을 흘렸다. 일이 이렇게까지 될 줄은 몰랐다. 그저 민재가 좋았고 민재 곁에 유미가 아닌 자신이 있기를 원했다. 그런데 이렇게 꼬여버렸다. 터벅터벅 힘없이 걸어가는데 갈 데가 없었다. 이런 마음으로 집에 들어가고 싶지는 않았다. 전화기를 꺼냈는데 전화를 할 사람도 없었다. 아무에게나 전화를 걸었다. 수화기 너머의 사람은 경민이었다. 지은이 지금 당장 나오라는 한 마디에 경민은 주저함 없이 바로 나왔다.

"무슨 일 있어? 왜 그래?"

"답답해. 바람 쐬고 싶어."

"오토바이 태워줄까?

"아무래도 좋고 아무 데나 가도 좋아 답답해."

경민은 오토바이 헬멧을 지은에게 씌워주었다. 뒤에 태우고 달렸다. 6월의 밤은 너무 쌀쌀하지도 너무 덥지도 않았다. 한참을 달리다 강가 근처에 오토바이를 세우고 앉았다. 지은은 아무 말도 하지 않았다. 경민도 지은에게 아무것도 묻지 않았다. 그저 지은을 바라만 봤다. 경민은 지은이 원한다면 어디라도 갈 사람이었다. 지은도 그 사실을 잘 알고 있다. 그래서 지은은 경민 앞에서는 어떤 모습이든 다 보여줄 수 있다. 민재 옆에서는 언제나 긴장되지만, 경민 옆에서는 편안함을 느꼈다.

지은을 태운 경민의 오토바이가 지은의 집 앞에서 멈췄다.

“오늘 고마웠어. 덕분에 답답했던 가슴이 좀 뚫렸네.”

“언제든 필요하면 말해.”

“고마워. 조심해서 가.”

“먼저 들어가. 너 들어가는 거 보고 갈게.”

지은은 집으로 들어가고 경민은 오토바이를 타고 갔다. 방으로 들어간 지은이 침대 위에 앉아 4년 전 기억을 떠올렸다. 유미와 은수와 셋이서 유미네 집에 놀러 갔던 날. 그날이 화근이었다. 그날 유미가 휴대전화를 방에 두고 나가지 않았다면, 자신이 혼자 유미의 방에 있지 않았다면, 이런 일은 벌어지지 않았을 것으로 생각했다. 혼자 방에 있는데 유미의 휴대전화에 문자 메시지가 왔다. 살짝 봤더니 민재였다.

볼까 말까 망설이다 결국 문제 메시지를 열어보고야 말았다. 그때 그 문제의 메시지를 보지 말았어야 했다. 크리스마스에 만나자는 메시지를 보자마자 질투심에 메시지를 지우고야 말았다. 메시지를 지우지 말았어야 했다.

더는 유미의 집에 있을 수가 없어 급한 일이 생겼다는 핑계를 대고 민재에게로 갔다. 민재를 만나지 말았어야 했다. 그날 민재를 만나서 민재를 유미에게 빼앗기기 싫다는 생각이 더욱 간절해졌다. 그래서 결국 민재 번호로 유미에게 문자 메시지를 보내고야 말았다. 그 메시지로 유미의 아버지가 돌아가실 줄 상상하지도 못했다. 죄책감이 밀려왔다.

지은은 며칠 동안 집 밖을 나가지도 않았다. 지은이 경민에게 연락을 했다. 그리고 유미가 다니는 학교에 찾아갔지만, 유미는 학교에 없었다. 경민이 지수에게 전화를 걸었다. 그리고 지수를 만나러 갔다. 그곳에 지수와 은수가 함께 있었다.

"오랜만이야!"

"그러게, 오랜만이네. 그때 갑자기 일이 있다면서 사라지더니 이제 나타난 거야?"

은수의 표정이 떨떠름해 보였다. 지수가 지은에게 오랜만이라며 인사를 했다. 지은은 유미는 어디에 있는지 묻는데 은수가 왜 찾느냐며 짜증스럽게 이야기했다. 지수가 유미는 집에 일이 있어서 시골에 내려갔다면서 다음 주에 온다고 말하고 지은은 자신의 연락처를 주면서 유미가 오면 꼭 연락 달라고 말하고는 돌아서 가고 경민도 지수에게 다음에 다시 연락하자고 말하고는 지은을 따라갔다. 은수는 돌아서 가는 지은의 뒷모습을 보면서 재수 없다고 기분 나쁜 애라고 말하고 지수는 왜 지은에게 유독 예민하냐고 묻는데, 은수는 그냥 기분이 나쁘다고 말하고 지수는 은수를 보며 그냥 웃고, 은수는 왜 웃느냐며 지수의 등을 때리고 지수는 여자애가 힘만 세다고 놀렸다.

유미는 커피숍에서 일하고 있었다. 민재가 들어와 유미를 봤다. 유미는 민재가 온 것을 모르고 인사를 하고 고개를 들었는데 민재였다. 표정이 갑자기 좋지 않으면서 멍하니 서 있다.
"주문 안 받아?"
"죄송합니다. 손님, 주문하시겠어요?"
"자몽에이드 한 잔."
"5,600원입니다. 카드 받았습니다. 영수증 드릴까요?"
"아니."
"네, 잠시만 기다려 주십시오."
유미는 민재를 손님 이상으로 대하지 않았다. 잠시 후 주문한 음료가 나오고 민재는 그 음료를 받고 다시 유미에게 돌려주었다.
"너 자몽 좋아한다며? 난 자몽 별로야. 너 마셔."
"손님! 손님!"
유미가 부르는 소리에 대답도 하지 않고 밖으로 나가버리고 유미는 자몽에이드를 손에 들고 민재를 따라 나갔다.
"손님! 손님!"
"…."
"야! 김민재!"
그제야 돌아서 유미를 봤다. 유미가 다가왔다.
"지금 뭐 하자는 플레이야?"
"이제야 말을 편하게 하는구나? 너 자몽 좋아한다며? 사주고 싶었어."
"네가 왜 내가 좋아하는 걸 사주는 건데?"
"난 네가 좋으니까?"
"뭐?"
"난 네가 좋다고?"

"참 나…."
"힘내서 열심히 아르바이트해. 난 갈게. 내일 다시 올게."
"오지 마!"
"내일 만나~!"
"오지 말라고!"

민재는 유미의 말은 듣지도 않고 자신이 하고 싶은 말만 하고 손을 흔들고 가 버렸다. 유미는 어이가 없었다. 갑자기 나타나서는 아무 일도 없었다는 듯이 대하는 민재의 모습에 황당함을 감출 길이 없었다. 그렇게 황당한 채 자몽에이드를 손에 들고 카페로 다시 돌아왔는데 지은이 기다리고 있었다. 유미는 지은을 그냥 지나치고 자몽에이드를 밑에 내려놓고 주문을 받았다.
"유미야, 우리 얘기 좀 하자."
"나 지금 일하고 있어."
"그럼 기다릴게."
"늦게 끝나. 그리고 난 할 말 없어."
"기다릴게."
유미는 어이가 없었다. 그렇게 다시 주문을 받고 주문받은 음료를 만들고 치우고 바빴다. 얼마나 지났을까? 유미의 아르바이트 시간이 다 끝나서 정리하고 가려는데 아직 지은이 기다리고 있다. 유미가 지은에게 다가갔다.
"무슨 일이야?"
"유미야, 미안해."
"갑자기 무슨 소리야?"

"4년 전에…."

"다 잊었어. 우리가 그렇게 친한 것도 아니고 이해해."

"그게 아니라…."

"…."

"4년 전에 민재가 너에게 보낸 메시지 사실은 그거 내가 보낸 거야."

"뭐?"

"난 네가 미웠어. 그때 나도 민재를 좋아했어. 내가 먼저 민재를 좋아했잖아. 그런데 민재는 너만 보는 거야. 그게 싫었어. 분명 내가 먼저 좋아했는데…."

"그래서? 그 문자를 보냈다고? 질투심에? 우리랑 연락도 끊어 버리고?"

"그땐 너를 좋아하는 사람들에게 화가 났어. 다들 너만 좋아하니까 화나고 짜증 나고, 참을 수가 없었어."

"그렇다고 어떻게 그런 거짓 문자를 보낼 수가 있어? 그 문자 때문에 나는…."

"미안해. 그리고 민재는 너를 잊은 적이 없어. 크리스마스에 너를 만나려고 네가 좋아하는 놀이동산에서 만나자고 문자를 보냈는데 내가 너무 화가 나서 그 문자를 다 지워버렸어."

"너 진짜…."

"미안해. 정말 미안해. 늦었지만 너에게 용서받고 싶어."

"근데 왜 갑자기 사과하는 거야? 네가 말하지 않으면 난 영원히 모르고 살 텐데. 그럼 넌 민재와 잘 지낼 수 있을 텐데 지금에 와서 왜 고백을 하는 거야?"

"난 민재와 정말 잘 지내고 싶었어. 그런데 민재가 모든 것을 알아버렸어. 이젠 날 친구로도 만나지 않겠대. 네가 날 용서해주면 안 될까?"

"민재를 다시 못 보게 될까 봐 용서해 달라고? 너 진짜 이기적이다. 어차피 이젠 나와는 상관없는 일이니까 가서 둘이 잘 해봐."

유미는 뒤돌아서 나갔다. 지은을 두고 나가면서 생각했다. 끝까지 자신만 생각하는 지은이 미웠다. 하지만 그 덕에 모든 사실을 알게 되었다, 민재와의 헤어짐의 책임이 자신에게도 민재에게도 있지 않았다는 사실을 알았다. 지은이 밉지만, 지은의 용기가 부럽기도 했다. 좋아하는 사람을 위해 뭐든 하는 지은의 용기가 부러웠다. 유미는 한참을 걷다 은수에게 전화를 걸었다.

"은수야, 뭐해? 지금 만날 수 있어?"

"어딘데?"

"여기 한강인데 걷다 보니 여기까지 왔네. 나랑 놀아주면 안 돼?"

"어떻게 하지? 나 지금 우리 과 애들이랑 어디 멀리 왔는데…, 미안해…."

"괜찮아. 어차피 조금 있다가 아르바이트하러 가야 하니까 신경 안 써도 돼 잘 놀다 와~."

"그래. 올라가면 이 언니가 신나게 놀아줄게."

"그래."

유미는 한강 벤치에 멍하니 앉아있다. 갈 곳도 없고 만날 사람도 없고 우울했다. 매일 같이 아르바이트에 치이면서도 장학금은 꼭 받아야만 하는 자신의 현실에 화가 났다. 몇 번의 한숨을 쉬고 일어나려고 하는데 누군가 옆에 와서 앉았다. 민재였다.

“왜 그렇게 한숨을 깊게 쉬냐?”

“… 신경 쓰지 마. 너랑 상관없잖아.”

일어나서 가려는 유미를 민재가 붙잡는다.

“가지 마.”

“이거 놔.”

“널 좋아해. 매일 보고 싶었어. 제발 가지 마.”

“난 너 하나도 보고 싶지 않았어. 다 잊었거든.”

“거짓말.”

“거짓말 아니야. 하나도 기억 안 나.”

“거짓말인 거 다 알아. 은수에게 다 들었어.”

“….”

“은수한테 다 들었다니까. 난 네 마음 다 안다고.”

“그래서 뭐? 어쩌라고? 나에 대해 다 아는 척하지 마! 나 아르바이트 갈 거야. 따라오지 마.”

민재의 손을 뿌리치고 가는 유미를 민재는 졸졸 따라갔다. 유미는 따라오지 말라고 하지만 민재는 계속 따라갈 거라고 했다. 유미는 싫다고 말은 하지만 미소가 떠나지 않았다. 어느새 유미가 아르바이트하는 편의점에 도착했다. 유미는 민재에게 인사도 하지 않고 편의점 안으로 들어가고 민재도 따라 들어갔다.

“왜 따라 들어오는데?”

“편의점 가는 것도 네 허락을 받아야 해?”

“참 나….”

“비켜줄래? 나 살 게 있어서 말이야.”

“뭐야?….”

“계산해줘.”

유미는 어이가 없어 웃음이 났다. 민재는 유미의 웃는 모습을 보고 웃었다며 드디어 웃었다며 즐거워했다. 유미는 아르바이트 하면서 힐끔힐끔.

민재가 앉아있는 자리를 쳐다보고 민재와 눈이 마주칠 때마다 쳐다보지 않은 것처럼 딴청을 피웠다. 민재는 그런 유미를 보면서 웃음이 났다. 한참 일을 하고 민재가 앉아있던 자리를 보는데 민재가 없었다. 유미는 여기저기 고개를 기웃거리며 민재를 찾았다. 민재는 온데간데없이 사라지고 없었다.

조금 실망한 표정을 지었다. 하지만 편의점 안으로 들어오는 손님을 상대하느라 민재가 없는 것에만 신경을 쓸 수가 없었다.

아르바이트가 끝나고 정리를 하고 사장님에게 인사를 하고 밖으로 나와서 집으로 걸어가려는데 민재가 나타났다.

“놀랐지? 너, 나 기다렸지?”

“아니거든. 하나도 안 반갑거든!”

“아까 나 찾는 거 다 봤거든. 거짓말 좀 그만해. 안 본 사이에 거짓말만 늘었어. 어차피 다 들키면서….”

“그래! 다 거짓말이다. 너 기다렸다. 보고 싶었다. 왜! 이제 됐냐? 나쁜 놈아!”

"미안해. 이제 기다리게 안 할게."

"비켜~!"

이제 민재와 유미의 쌓였던 감정들은 추운 겨울이 지나고 봄이 찾아오듯 서서히 녹아내리고 있었다. 유미는 민재와 전보다 더 편한 친구가 될 것 같은 느낌도 들었다. 둘이서 이런저런 이야기를 하면서 걷다 보니 어느새 유미의 집 앞까지 왔다. 잘 자라고 인사를 하고 유미는 집으로 들어가고 민재도 입가에 한가득 미소를 담고 걸어가는 모습에 즐거움이 가득했다.

유미는 집으로 들어와 옷을 갈아입으려는데 혜신에게 전화가 걸려왔다.

"유미야, 뭐해?"

"나? 옷 갈아입으려고 왜?"

"나 너희 집 근처 치킨집에 있는데 지금 나와."

"너 술 마셨어?

"응, 조금 진짜 조금 마셨어."

"조금이 아닌 것 같은데? 어디라고? 지금 나갈게. 조금만 기다려."

"알았어. 빨리 와~."

유미는 벗었던 신발을 다시 신고 혜진이 있는 치킨집으로 갔다. 그런데 유미의 눈이 두 배는 커졌다. 방금 헤어진 민재가 앉아있었다. 유미는 놀람과 당황함으로 멍하니 서 있는데 혜진이 손짓하며 오라고 말했다.

"혜진아, 어떻게 된 거야?"

"민재한테 전화했더니 이 근처라고 해서 불렀지. 잘했지?"

"하나도 잘 안 했어. 많이 마셨네. 그만 집에 가자."

"싫어~, 내가 좋아하는 민재와 유미가 있는데~, 집에 안 갈 거야. 그러지 말고 우리 같이 딱 한 잔만 마시고 가자. 응?"

"너 지금도 많이 마셨어. 얼른 일어나 집에 데려다줄게."

"야~, 오랜만에 친구가 술을 마신다는데 같이 마셔주라."

"알았어. 같이 마시자. 유미야, 너도 한 잔만 마셔."

"역시, 우리 김민재 최고야!"

"너까지 왜 그러는 건데?"

"친구 좋다는 게 뭐냐?"

"옳소! 민재 말 잘하네~."

"참 나~, 알았어. 혜진아, 그럼 딱 한 잔만 마시고 가는 거야?"

"오케이~!"

셋은 함께 맥주를 마시며 즐겁게 시간을 보냈다. 맥주를 마시면서 혜진이 여름 방학을 하면 친구들과 다 함께 여행을 가자고 제안을 했다. 유미는 아르바이트해야 해서 시간 안 된다고 이야기를 하는데, 혜진이 그냥 1박 2일로 가서 고기 구워 먹고 하루 신나게 놀다 오자고 했다. 하루만 시간 비우면 안 되냐고 계속 보채고 민재와 유미는 혜진이 취해서 그러는가 보다 하고 알겠다고 해버렸다.

다음 날 혜진이 학교에서 유미에게 어제 1박 2일 여행 가기로 한 거 언제 가는 지 묻는데 유미는 당황하지 않을 수가 없었다.

"뭐라고?"

"어제 술은 내가 젤 많이 마셨는데 취하기는 네가 취했어?"
"우리 방학하면 여행 가기로 했잖아. 어디로 갈까?"
"그걸 기억해?"
"나 필름 멀쩡하거든! 어디로 갈 거야? 누구누구 데리고 가지?"
"…."
"너 친구랑 내 친구들이랑 민재 친구들이랑 다 같이 가면 재미있을 것 같지 않아?"
"뭐라는 거야? 그리고 나 진짜 시간 없어."
"안 돼. 없어도 안 돼. 무조건 가는 거야. 어디로 갈래?"
"몰라~, 내가 어딜 간 적이나 있니?"
"그럼 이번 기회에 같이 가자! 어디가 좋으려나…."

혜진은 곧 있으면 방학이고 방학하면 함께 여행을 간다는 사실에 마음이 들떠있다.

유미는 마음이 무거웠다. 혜진이 술 마시고 그냥 하는 소리인 줄 알았는데 진심이었다니 어떻게 해야 하는지 답답했다. 혜진은 민재에게 전화를 걸어 여행에 같이 갈 친구를 데리고 오라고 했다. 민재는 무슨 여행이냐며 술 마시면서 장난한 거 아니냐고 묻고 혜진은 장난 아니라고 리얼 다큐라고 말하면서 빠질 생각 1도 하지 말라고 말했다. 민재 역시 유미만큼이나 난처했다. 갑자기 계획에도 없던 여행을 가야 한다니 당혹스럽기도 했지만, 이상하리만큼 설레기도 하고 기대도 됐다. 민재는 이런 자신이 어이없었다.

사

어느덧 20살의 첫 여름 방학이 다가왔다. 설렘과 기대로 시작한 스무 살의 시간을 잘 보내고 있다. 혜진은 유미를 계속 보챘다. 여행 갈 장소를 정하자고 보채고, 친구 누구를 데리고 올 것인지를 보챘다. 유미는 혜진이 이렇게 끈질긴 구석이 있는지 난처해 하며 울며 겨자 먹기 심정으로 친구 은수에게 연락을 했다.

"은수야, 너 방학하면 뭐 할 거야?"
"글쎄, 아직 생각 안 해봤는데…, 왜?"
"친구들이랑 같이 1박 2일 여행 가는 건 어때?"
"여행? 네가? 여행을 간다고? really? 너 미친 건 아니지?"
"뭐?"
"그렇게 가자고 할 때는 안 간다더니 갑자기 네 입에서 여행 이야기가 나오니 이 얼마나 당황스럽고 황당한 이야기겠니?"
"지난번에 친구랑 술 마시면서 여행 간다고 약속을 해버렸어. 진짜 미치겠어."

은수는 빵 터져 웃으며 좋아하고 유미는 웃지 말라고 심각하다고 이야기했다. 은수는 걱정하지 말라고 같이 가면 되는 거 아니냐고 쿨하게 말했다. 은수와 전화를 끊고 지수에게도 전화를 해서 같이 여행 가자고 하고 지수는 무조건 오케이 했다.

이렇게 유미는 은수와 지수를 섭외하고 혜진에게 친구 2명을 데리고 가겠다고 말하고, 혜진은 자신은 1명을 데리고 간다고 했다. 그리고 민재에게는 연락해서 무조건 1명은 데리고 오라고 하겠다고 할 거라며 민재에게 전화를 했다.

"김민재, 너 친구 섭외했어?"

"아니."

"아직도 안 하면 어떻게 해?"

"유미랑 나는 다 했어. 그러니까 너도 무조건 1명은 데리고 와야 해. 알았지?"

"유미도 친구 데리고 온대?"

"그래. 그러니까 너도 꼭 데리고 와."

그렇게 여름 방학이 시작되고 스무 살 청춘들의 첫 여행이 시작되었다. 기차역에서 혜진이 제일 먼저 도착해서 기다리고 있었다. 잠시 후 지은이 도착하고 혜진과 반갑게 인사했다. 곧이어 민재가 경민과 함께 왔다. 지은을 보고 민재와 지은 서로 놀라고 경민은 지은을 보자 매우 반가워했다. 혜진이 먼저 말을 했다.

"어떻게 너희들 다 아는 사이야?"

"그러게, 서로 얽혔네."

"민재야, 너는 왜 표정이 안 좋아? 어디 아파?"

"아니야!"

지은이 혜진과 친구인 건 알았지만, 혜진이 지은을 데리고 올 줄은 몰랐다. 잠시 후면 유미가 올 것이고 보나 마나 유미의 절친인 은수가 함께할 텐데 출발하기 전부터 민재는 걱정이 많았다. 그렇게 걱정하는 사이 저 멀리서 유미가 걸어오고 있었다. 멀리서 봐도 유미를 한눈에 알아볼 수 있었다. 청바지에 면티를 입고 운동화를 신은 유미가 점점 가까이 다가오고, 혜진이 유미를 불렀다.

"유미야, 정유미!"

혜진을 본 유미가 손을 흔들다 지은과 눈이 마주쳤다. 갑자기 흔들던 손은 멈추고 표정이 굳어진다. 은수도 지은을 봤다.

"재가 왜 저기 있어?"

"나도 몰라."

"아, 짜증 나. 우리의 스무 살 첫 번째 여행인데 저 애랑 같이 가야 하는 거 현실이야?"

"우린 우리끼리 놀면 되니까 신경 쓰지 말자."

"알았어."

유미와 은수 그리고 지수가 함께 걸어왔다. 모두 모여 인사를 하고 기차를 탔다. 의자를 돌려 서로 마주 보고 앉아 이야기하기도 하고 맛있는 음식을 나눠 먹기도 하면서 가다 보니 어느새 목적지에 도착.

먼저 짐을 풀고 잠시 쉬기로 했다. 이번 여행의 책임자는 자연스럽게 혜진이가 되었다. 혜진의 지시에 다른 친구들도 따라주었다.

앞에는 바다가 있고, 뒤에는 산이 있는 경치가 매우 좋은 곳을 선택한 혜진을 칭찬하고 혜진이는 어깨가 으쓱하며 뿌듯함을 느꼈다.

지은이 혼자 바다를 바라보고 있는 민재 옆에 다가가 앉았다.

"민재야, 지난 시간 속에서 내가 잘못한 일들 다 잊을 수는 없겠지만, 그래도 전처럼 나랑 친구로 지낼 수는 없을까?"

"야! 강지은!"

"응?"

"왜 이래? 넌 날 그렇게 속이 좁은 사람으로 만들어야 시원하냐? 직접 유미에게 찾아가서 사과했다는 소리 들었어. 쉽지 않았을 텐데 용기 낸 거 칭찬해."

"…."

"전에도 난 네 친구였고 지금도 난 네 친구고 앞으로도 난 네 친구니까 걱정하지 마."

갑자기 쿨하게 나오는 민재를 보면서 조금은 당황스럽지만, 자신을 보면서 웃어주는 민재로 지은은 이제 마음이 조금 편하고 웃을 수 있다. 저 멀리 지수와 유미, 은수가 바닷가에서 웃고 있다. 지수가 은수에게 눈치를 주었다. 갑자기 유미를 들더니 바다에 '풍덩!' 던져버렸다.

"야! 너 한은수, 정지수!"

"빨리 도망가!"

"유미 화났나 봐. 무서워."

"거기 안 서!"

셋이 노는 모습을 지은과 민재가 보고 있다.

"걔네 셋은 예전이나 지금이나 유치해."

"왜, 재미있어 보이기만 하는구먼."

"저게? 뭐가 재밌어. 유치원생도 아니고…."

지은은 몸서리를 치며 싫은 표현을 온몸으로 했다. 경민과 혜진도 민재와 지은이 있는 곳으로 오고 민재의 손짓에 고개를 절레절레 젓고 있는 지은을 들어 바다에 던져버렸다.

"너희들 뭐야!"

"바닷가에 왔으니까 물에서 놀아야지."

경민이 민재를 밀고 지수가 경민을 밀고 서로 바다에 밀면서 웃으면서 놀았다.

7명의 친구가 모두 물에 빠지고 모두 웃고 즐겁다. 지금, 이 순간만큼은 지난날 16살의 순수했던 시절로 돌아간 것처럼 그렇게 아무 생각 없이 놀았다.

어느덧 저녁 시간이 다가오고 물에서 놀던 어린 시절은 퇴근 시간이 되었다. 숙소로 돌아와 샤워하고 옷을 갈아입고 바비큐장에 모였다.

"고기는 내가 전문적으로 구워 줄 테니 다들 다른 일들을 찾아서 하도록 해."

경민이 장갑을 끼고 고기를 구웠다. 다른 친구들은 그 외 소시지며 버섯이며 채소들을 준비하고 지수가 술을 들고 왔다.

"이렇게 좋은 날 이게 빠지면 서운하지."

"먹고 죽을 일 있어? 뭘 이렇게 많이 가져왔어~."

"이런 날 아니면 언제 또 이렇게 먹겠어. 오늘은 아무 생각도 걱정도 하지 말고 그냥 즐겨보자고!"

"좋아~!"

모두가 흥분된 분위기에서 함께 고기를 먹기도 하고 술을 마시기도 하면서 즐겁게 이 시간을 즐기고 있다. 유미가 혜진에게 모닥불을 피우자고 이야기를 하고 혜진도 좋은 생각이라면서 준비하는데, 민재가 다가와 자신이 하겠다며 모닥불을 피웠다.

타오르는 모닥불에 모두 옹기종기 모여 앉아있다. 모두 적당히 마신 술에 취하기도 하고 분위기에 취하기도 한다. 이 분위기를 타면서 은수가 말했다.

"우리 술도 적당히 마시고 서로 적당히 아는 사이인데 진실게임 하는 거 어때?"

"갑자기?"

"좋아, 재미있겠다."

"자! 이제부터 진실게임을 시작하고 대답하기 곤란하면 벌주를 마시는 걸로."

"오케이!"

그렇게 게임이 시작되었다. 제일 먼저 혜진이 걸렸다.

"나는 누구에게도 말하지 못하는 치명적인 비밀이 있다?"

"있다."

"뭔데?"

"이미 질문 끝났고 대답했고, 그건 다음에~."

"뭐야~!"

신나게 게임을 하며 서로 웃고 떠들며 즐겁다. 다시 진행된 게임에서 이번엔 유미가 걸렸다.

"나는 좋아하는 사람이 있다?"

"…."

"대답 못 하면 벌주 마셔야 한다."

유미는 아무런 말도 하지 않고 술을 마셨다.

"뭐야~, 재미없게."

"유미 너 술 못 마시잖아. 괜찮아?"

"괜찮아."

다시 게임이 진행되고 유미가 몇 번 더 걸리고 그때마다 유미는 벌주를 마시게 되었고, 유미는 슬슬 어지러웠다. 앞이 흔들거리고 눈이 저절로 감겼다. 도저히 안 되겠는지 유미는 화장실에 다녀오겠다고 하고 자리에서 일어서는데 몸이 비틀거렸다.

옆에 앉아있던 지수가 잡아주는데 유미는 괜찮다고 혼자 할 수 있다고 했다. 그렇게 혼자서 화장실에 가고 손을 씻고 입을 헹구고 밖으로 나왔다. 머리가 어지럽고 땅이 울렁거렸다.

"왜 이러지? 머리가 너무 아프다. 바람이라도 쐐야겠다."

유미는 술에 취해 몸을 비틀거리며 혼자 걷고 있다. 어디로 가고 있는지도 모른 채 발이 닿는 곳으로 그냥 걷고 있다. 시간이 얼마나 지났을까? 화장실에 다녀오겠다던 유미가 보이지 않자 다들 숙소 주변에서 유미를 찾았다. 하지만 어디에도 유미는 보이지 않았다. 은수는 유미가 걱정되었다.

"얘 도대체 어디에 간 거지?"

"애도 아니고 알아서 잘 찾아오겠지."

"그래, 술도 그렇게 많이 마시지 않았으니까 걱정하지 마."

"아니야, 유미는 술 못 마신단 말이야. 오늘 치사량 넘었어. 어디 길에 쓰러진 거 아니야?"

은수의 걱정과는 달리 지은과 혜진은 의외로 담담했다. 은수가 지수와 민재에게 유미를 같이 찾아보자고 하고, 민재와 지수는 걱정하지 말라고 우리가 찾아볼 테니 들어가서 쉬라고 했다. 민재와 지수가 한참을 찾아도 유미는 보이지 않았다.

"아무래도 서로 나눠서 찾아보는 게 좋을 것 같아."

"그래, 그게 좋겠다. 나는 이쪽을 찾아볼게."

"그럼 나는 저쪽을 찾아볼게."

민재와 지수는 서로 나눠서 유미의 이름을 외치며 유미를 찾고 있다. 한참을 찾고 있는데 저 구석 나무 밑에 누군가 쓰러져있다. 가까이 다가가 보니 유미였다. 유미에게 정신 차리라고 말하며 유미를 일으켜 세운 건 다름 아닌 지수였다.

지수는 유미를 등에 업고 숙소로 왔다. 지수가 유미를 업고 내려왔는데 숙소 앞에서 민재가 기다리고 있었다. 유미를 업고 내려오는 지수를 보면서 민재는 마음 한편에 씁쓸함을 느꼈다.

다음 날 눈을 뜬 유미는 머리가 깨질 듯이 아팠다. 은수는 유미의 등을 세게 때렸다.

"너! 얼마나 걱정했는지 알아? 도대체 그 밤에 산에는 왜 간 건데?"

"아파~, 내가 무슨 산에 가~, 무슨 말이야?"

"기억 안 나? 갑자기 화장실 간다고 나간 애가 사라져서 얼마나 찾았는지 알아? 지수가 겨우 너 찾아서 업고 왔어."

"진짜? 어떡해."

"몰라. 지수한테 고맙다고 인사나 해. 뭔 일이냐?"

그렇게 짧았던 1박 2일의 여행은 해프닝을 남긴 채 끝이 났다. 돌아오는 기차 안에서 민재는 창밖만 바라보고 있다. 지은이 다가와 말을 걸어도 별말을 하지 않는다. 민재는 지난밤, 일을 생각했다.

유미를 자신이 먼저 찾았어야 했는데 지수가 먼저 발견하는 모습을 보았다. 유미가 지수에게 웃으며 안기는 모습을 보았다. 보고 싶지 않은 모습이었다. 모른 척 먼저 숙소로 돌아왔다. 왜 언제나 틀어지는지 민재는 답답했다.

기차가 도착하고 서로 방학을 잘 보내라고 인사를 하고 헤어졌다. 유미는 은수와 지수와 셋이서 함께 갔다. 그 모습을 물끄러미 바라보는 민재의 눈을 지은이 바라보고 있었다.

오

끝나지 않을 것 같았던 여름 방학도 끝이 났다.

새로운 학기의 시작으로 모두의 마음엔 다시 설렘으로 가득했다. 유미는 여전히 아르바이트에 공부에 하루 24시간이 부족했다. 은수와 지수는 연인도 아니면서 친구도 아닌 그런 사이로 여전히 서로 가장 가까이에 있다. 이제 지은과 민재도 제법 편한 사이가 되었다. 경민은 언제나처럼 지은의 꼬봉 놀이를 하고 있고, 혜진 역시 학업으로 바쁜 일상을 보내고 있다. 민재는 하라는 공부는 제대로 하지 않고 드럼 연주에 빠져 살고 있다.

여름 방학이 시작되면서 7명이 함께 떠난 여행으로 7명은 더 가까운 사이가 되었다. 가끔 모두 모여 운동을 하기도 하고 밥을 먹거나 술을 마시기도 했다. 서로가 누구의 친구가 아닌 자신의 친구처럼 그렇게 가까워졌다.

혜진과 유미는 언제나처럼 함께 강의를 듣고 있다. 혜진이는 여전히 유미에게 친절하고 다정하다. 강의가 끝나고 함께 이야기하면서 혜진과 유미가 강의실 밖으로 나오고 있다. 그런데 강의실 끝에 누군가 서 있다. 민재다. 셋은 서로 손을 흔들며 반갑게 인사를 했다.

"우리 학교까지는 어쩐 일이야?"
"강의 다 끝났어?"
"응, 우리 이제 자유야~, 근데 왜?"
"그래? 같이 밥 먹으려고 했지."
"가자, 고고~."

셋이 함께 밥을 먹으며 웃고 있다. 한참 밥을 먹고 있는데 혜진의 전화벨이 울렸다. 급한 일인지 혜진이 먼저 가겠다고 둘이 천천히 먹고 나중에 보자고 했다. 혜진이 가고 유미와 민재는 혜진이 함께 있을 때처럼 크게 떠들거나 장난하지 않았다. 조금은 차분하고 조용한 분위기에서 밥을 먹고 있는데 누군가 다가오는 것이 느껴졌다.

"유미야!"
"안녕하세요. 선배님."
"남자친구?"
"아니에요. 친구예요."
"그렇구나. 다음엔 이 오빠와도 밥 먹자."
"네, 식사 맛있게 하세요. 저희는 다 먹어서요."
"민재야, 너 다 먹었으면 가자."
"그래."

"그래, 다음에 보자."

유미는 빨리 자리를 떠나고 민재도 유미 뒤를 따라 나갔다. 유미의 표정이 별로 좋지 않았다. 민재는 조금 전 선배라며 인사한 사람이 신경이 쓰이고 불편해하는 유미가 신경이 쓰였다.

"저 남자는 누구야?"

"우리 과 선배 오빠야."

"친해? 그다지 친해 보이지는 않던데…."

"친하긴 개뿔. 맨날 시간 있냐? 같이 밥 먹자, 귀찮게 해. 짜증나."

"너 좋아하나 보네."

"그런 말 하지도 마. 난 관심 없어! 완~전~ 싫어. 노노노!"

"그럼 아까 나랑 사귄다고 하지 그랬어. 그럼 귀찮은 일 안 생기잖아."

"뭐래? 너랑 나랑 사귀는 거 아니잖아. 우린 그냥…."

"그냥 뭐?"

"아, 몰라~. 나 아르바이트 가야 해."

"아직 아르바이트 갈 시간 안 됐잖아."

"넌 학교는 안가? 가서 공부나 해!"

"넌 할 말 없으면 공부하라고 하더라."

"몰라. 몰라. 갈래."

"같이 가~!"

유미와 민재는 그렇게 아웅다웅 장난하듯 웃으며 함께 갔다. 둘이서 티격태격 장난하며 함께 가는 모습을 혜진이 지켜보고 있다.

혜진의 표정이 일그러졌다. 혜진은 어느 날부터인지 모르게 민재와 유미가 서로 다정하게 있는 모습만 보면 자신도 모르게 화가 나서 참을 수가 없었다. 분명 유미에게 민재를 소개한 것이 자신인데도 막상 다정한 둘의 모습을 보기만 하면 이유 없이 화가 치밀어 올랐다.

답답한 마음을 안고 걸어가고 있는데 누군가 혜진을 불렀다. 지은이였다.

"혜진아!"

"어? 지은아, 우리 학교까지는 웬일이야?"

"아는 교수님 뵙고 가는 길인데 네가 딱 여기 있네. 약속이라도 한 듯이. 근데 표정이 왜 안 좋아? 무슨 일 있어?"

"아니야, 별일 없어."

"안 좋은 일 있으면 언제든 말해. 내가 해결은 못 해줘도 고민을 들어줄 수는 있다."

"고마워."

"난 볼일을 다 봤으니 이만 가련다. 나중에 애들이랑 한번 뭉치자!"

"그래, 잘 가~!"

혜진은 지은이 돌아서서 가자, 웃던 얼굴에 웃음기가 사라졌다. 스스로 변하는 것 같은 자신에게 화가 났다. 그러더니 전화기를 꺼내 민재에게 전화를 건넸다. 전화를 받지 않았다. 혜진은 황당해하면서 다시 전화를 걸고 그제야 민재가 전화를 받았다. 혜진은 민재에게 어디냐고 아까 밥을 먹지 못해서 배가 고프다고 밥을 사 달라고 했다. 민재는 대답을 선뜻 하지 못했다. 왜냐하면, 옆에 유미가 있기 때문이었다. 유미는 조금 있으면 아르바이트를 하러 가야 해서 같이 가자고 할 수가 없고, 그렇다고 유미를 혼자 두고 혜진에게 가는 것도 내키지 않았다.

유미는 난처해 하는 민재를 보면서 사장님이 오늘 일찍 오라고 했던 거 잊어버렸다면서 걱정하지 말라며 먼저 간다며 잘 가라는 인사를 하고 버스에 올라탔다.

갑자기 민재와 헤어진 유미는 애매한 시간을 보내기 위해 아르바이트하는 카페에서 가장 가까운 서점을 찾아, 가장 구석진 곳에 자리를 잡고 쭈그리고 앉아 책을 읽고 있다.

민재와 혜진은 떡볶이집에 마주 앉아있다. 민재와 혜진은 어릴 때부터 친구이고, 부모님들도 서로 잘 알고 가깝게 지내다 보니 민재는 혜진의 부탁이나 말을 쉽게 거절하거나 무시하기가 쉽지 않았다.

"이 시간까지 밥도 안 먹고 뭐 했어?"

"갑자기 급한 일이 생겨서 일 처리하고 먹으려고 보니 너희도 없고 혼자 먹기는 싫고 그래서 전화했는데 잘못이야?"

"누가 잘못이래? 빨리 먹기나 해. 배고프다며?"

"응. 알았어. 너도 같이 좀 먹어."

"난 아까 점심 먹었어. 배 안 고파. 너 많이 먹어."

"나 혼자 먹으면 이상하고 맛이 없잖아."

"알았어. 먹어~, 먹을게. 그러니까 말 그만하고 좀 먹어라."

민재와 혜진은 매우 다정해 보였다. 함께 보낸 시간이 느껴 질 만큼 누가 봐도 다정해 보였다. 둘이 함께 웃으며 떡볶이를 먹고 있는데 같은 과 친구가 가게 문을 열고 들어오는데 혜진과 같은 과 친구였다. 혜진도 놀라고 친구도 놀랐다. 친구는 혜진에게 남자친구냐고 묻고 혜진은 아니라고 친구라고 하지만 친구는 그 말을 믿지 않고 혼자 마음대로 혜진에게 귓속말로 남자가 잘생겼다면서 잘해보라고 하고는 웃으며 가 버렸다.

혜진은 민재의 눈치가 보였다.

"민재야, 미안."

"뭐가?"

"아까 친구가 네가 내 남자친구냐고 물으면서 그렇게 한 거 너무 기분 나쁘게 생각하지 말라고…."

"나 기분 안 나빠."

"뭐?"

"나 기분 안 나쁘다고. 어차피 사실도 아닌데 뭐. 기분 나쁘고 뭐고 할 게 뭐 있어."

"그렇지…, 사실이 아니지…."

"다 먹었으면 이제 나가자. 나 가 봐야 할 데가 있어서…."

"어디?"

"그냥 뭐 좀 일이 있어."

유미는 여전히 서점 구석에 책으로 얼굴을 가린 채 앉아있다. 가만히 보니 책을 읽는 것이 아니라 자고 있다. 일주일 내내 아르바이트에 공부에 잠을 잘 시간이 모자라다 보니 유미는 아무 데서

나 잠을 잘 잤다. 휴대전화 진동벨이 계속 울리지만, 유미는 전화가 오는 것도 모르고 졸고 있다. 한참을 졸고 있는데 누군가 어깨를 툭툭 치는 느낌이 들어 눈을 떠보니 지수가 쳐다보고 있다.

“유미야, 너 여기서 뭐 해?”

“어? 아르바이트 시간이 남아서 서점에 책 보러 왔는데 깜빡 졸았네?”

“깜빡? 졸아? 아예 대 놓고 자던데?”

“진짜 잠깐 눈만 감은 거야~.”

“알았어~.”

“진짜 안 잤거든!”

“알았다고.”

“근데, 넌 여기 어쩐 일이야?”

“나? 필요한 책이 있어서 검색해 보니까 이 서점에 있어서 찾고 있는데 어디서 많이 보던 사람이 서점에서 노숙하고 있더라고.”

“너 자꾸 놀릴래?”

“장난이야.”

“정 피곤하면 내가 큰맘 먹고 내 어깨 빌려준다. 자, 기대.”

“됐거든요!”

“미안해하지 말고 기대. 무료로 빌려줄게.”

지수는 유미의 머리를 자신의 어깨 위로 끌어당겼다. 유미는 고개를 들지만, 다시 지수가 당기고 유미는 못 이기는 척 그냥 지수의 어깨에 기댔다. 유미는 딱 5분만 빌리겠다고 말하고 눈을 감았다. 지수는 자신의 어깨에 기대어 있는 유미의 얼굴을 한참 동안 바라보았다. 유미의 머리카락이 유미의 얼굴을 가리고 지수는 조심스레 머리카락을 치워주었다.

유미가 움찔하는 모습에 지수는 책을 보는 척하고 유미는 별일 아닌 듯 여전히 그대로 있다. 잠시 후 유미는 눈을 떴다.

"지수야, 고마워. 진짜 덕분에 완전 꿀잠을 잔 것 같아."

"고맙기는…, 아르바이트 갈 거지? 데려다줄게."

"괜찮아. 혼자 갈 수 있어."

"알아, 어차피 나도 나가야 하잖아. 서점에서 살 수는 없잖아."

"알았어~. 그래, 나가자."

지수와 유미는 서점을 나와 함께 걸어서 유미가 일하는 카페로 갔다. 유미는 고마웠다고 인사하고 지수는 유미에게 일 잘하라고 말하며 아르바이트도 좋지만, 몸도 챙기면서 하라고 말했다. 유미는 알겠다고 잘 가라고 말하고는 카페로 들어갔다. 지수는 유미가 들어간 카페를 한참 동안 멍하니 바라보았다.

민재의 방

민재는 드럼을 치고 있다. 드럼을 치다 생각했다. 유미와 함께 있을 때 왜 혜진에게 유미와 함께 있어서 안 된다고 못 했는지 답답했다. 누구와도 어긋나기 싫은 마음 때문에 자신의 감정에 솔직하기 어려운 현실에 화가 났다. 누군가 방문을 열었다. 사촌 동생 우재였다. 민재와 우재는 사촌이기는 하지만 친형제보다 더 가깝고 친했다. 거기다 태어난 연도는 같은데 민재가 1월에 태어나서 학교를 먼저 입학하는 바람에 집안에서 어릴 때부터 형이라고 부르라는 부모님의 말씀 때문에 형이 되었고 지금은 익숙해졌다.

"형, 왜 그래? 무슨 일 있어?"

"아무것도 아니야!"

"드럼 연주하는 게 무슨 스트레스 받은 일이 있는데 뭐."

"…."

"왜 그러는데?"

"내가 한심해서 그런다."

"말해봐."

민재는 말을 할까 말까 망설였다. 그러다 아니라고 나가라고 말하고는 미친 듯이 드럼을 연주하고 있다. 그 모습을 바라본 사촌동생은 형이 걱정스러웠다. 마음이 조금 가라앉았는지 거실에서 과자를 먹으며 웃으며 텔레비전을 보는 사촌을 보았다.

"뭐해?"

"보다시피? 이제 괜찮아? 도대체 무슨 일이야?"

"좋아하는 친구가 있어."

"올~, 누군데?"

"장난하는 거 아니거든!"

"알았어. 미안. 누군데? 고백해~, 뭐가 문제야? 남친이 있어?"

"그런 건 아닌데…."

민재는 선 듯 말하지 못했다. 우재는 우물쭈물하는 민재를 보면서 답답함을 느꼈다. 드럼을 연주하거나 다른 일들을 할 때는 누구에게도 뒤지지 않는 모습이면서 지금은 왜 이런 모습인지 고구마 만 개 먹은 표정을 짓고 있다.

"아휴~, 뭐가 문제냐고! 말을 해봐."
"좋아하는 친구가 있는데…."
"그건 아까도 얘기했잖아!"
"고백을 하는 게 두려워. 고백했다가 친구로도 못 지내면 어떻게 하냐?"
"형! 원래 이렇게 찌질했어?"
"뭐?"
"왜 벌어지지도 않은 일을 갖고 고민을 해. 혹시 알아? 그 여자도 형을 좋아하고 있는데 먼저 말 못 하는 거면?"
"아니야. 나를 친구 이상으로 생각하지 않는 것 같아."
"그럼 포기해!"
"야!"
"그러니까! 고백하라고 이 멍청한 형님아~! 나라면 일단 찔러라도 보겠다."
우재는 과자를 먹으며 다시 텔레비전을 보면서 깔깔 웃었다. 민재는 멍하니 앉아있다. 정말 고백이라는 것을 해도 괜찮은 건지, 아니면 이대로 친구 사이라도 괜찮다고 생각해야 하는 건지 깊은 한숨을 내쉬고 방으로 들어가고 우재는 닫히는 민재의 방문을 보고 고개를 저으며 답답해하지만 이내 다시 텔레비전에 집중했다.

유미는 편의점 아르바이트에 열중하고 있다. 그때 문이 열리고 은수가 들어왔다.
"이제 아르바이트 다 끝나가지?"
"응. 30분만 기다려. 커피 마실래?"

"오케이!"

유미는 은수에게 커피를 내려 주며 마시고 있으라고 말하고 카운터로 갔다. 은수는 창밖을 바라보며 커피를 마셨다. 잠시 후 옷을 갈아입은 유미가 다가왔다.

"은수야, 가자!"

"그래. 뭐 먹을까?"

"글쎄? 밥은 별로 먹고 싶지 않은데 뭘 먹지?"

"나도 밥은 별로…. 그럼 우리 간단하게 맥주나 한잔할까?"

"그럴까?"

은수와 유미는 서로 웃으며 걸었다. '짠~!' 맥주잔이 서로 부딪쳤다. 은수와 유미가 마주 앉아 웃으며 건배를 했다.

"오늘도 열심히 산 우리를 위해!"

"우리를 위해!"

둘이서 맥주를 마시고 안주도 먹고 웃고 떠들며 즐거웠다. 즐겁게 먹다 보니 한 잔, 두 잔 유미는 취기가 올라왔다.

"은수야, 나 취하나 봐. 네가 2개로 보여. 아니 3개로 보여."

"벌써? 역시 우리 유미는 진짜 술 못 마신다니까…. 그만 마셔. 이거 다 내가 마실게."

"아니야, 마실 수 있어."

"됐어요. 나중에 더 취한 너 챙기는 게 더 힘듭니다."

"치~."

은수와 유미는 웃으며 이야기를 나누었다. 한창 웃고 있는데 은수의 표정이 갑자기 달라졌다.

"유미야~."
"응?"
"너 언제까지 아닌 척할 거야?"
"뭐가?"
"지수 좋아하잖아."
"뭐?"
"지수도 너 좋아하고, 너도 지수 좋아하는 거 아니야?"
"뭔 소리야? 나 지수 안 좋아하거든."
"나한테는 다 말해도 돼. 너라면 양보할 수 있어."
"뭘? 양보해? 사랑하는 친구야, 번지수 잘못 찾았어!"
"그냥 솔직히 말해. 지수 좋아하잖아~!"
"아~, 진짜 아니거든! 나 민재 좋아하거든! 지수는 그냥 친구거든!"
순간 유미는 당황한 나머지 속마음을 말해버리고 말았고 입을 틀어막았다. 은수는 깜짝 놀랐다.
"뭐? 민재? 내가 아는 그 김민재? 대박! 진짜?"
"은수야, 비밀이야…. 네가 자꾸 지수 좋아하냐고, 아니라고 해도 계속 그래서 나도 모르게 튀어나왔잖아!"
"요~, 앙큼한…."
"절대, 절대 비밀이야. 너 소문 나면 너랑…."
"알았어. 네가 민재를 좋아한다는 사실도 알았으니…."
"알았으니 뭐? 민재한테 말하지 마! 다른 누구한테도?"
"…."
"야~."

"알겠어. 나도 사실 고백할 게 있어. 나, 사실은 지수 좋아해."
"진짜?"

둘은 서로 좋아하는 사람 이야기를 하고 서로의 마음을 털어놓으며 시간 가는 줄 몰랐다. 얼마나 지났을까? 문이 열리더니 민재가 들어왔다. 은수가 손을 흔들었다. 유미는 조금 더 취해있다.
"야, 한은수! 얼마나 먹인 거야?"
"먹이다니? 자기가 먹었거든요! 어이가 없네. 야! 네가 책임지고 집에 데려다줘. 잘 놀아주고 혼나기는 처음이네."
"유미야~, 정신 차려!"
"어? 민재다! 어? 김민재다! 어? 어떻게 왔지?"
"집에 가자!"
"싫은데~, 나 은수랑 놀 거야~!"
"집에 가자. 정신 좀 차려봐."
셋은 함께 가게 밖으로 나왔다. 은수가 민재에게 유미 잘 부탁한다고 하고 먼저 갔다. 민재는 유미를 잡고 유미에게 정신 차리라고 하는데 유미는 민재의 얼굴을 잡고 '어? 민재다, 언제 왔지?'를 반복했다.

유미가 사는 동네

늦은 시간이라 인적이 없었다. 가로등 불빛이 두 사람을 비출 뿐이었다. 민재가 유미를 업고 걸어가고 있다. 유미는 민재의 목을 감싸 안았다.
"민재야~."

“어?”

“김민재.”

그러고는 민재에게 기댄 채 두 눈을 감고 말이 없었다. 그렇게 말없이 한참을 걸었다.

“유미야.”

“….”

“생각 많이 해 봤는데 아무래도 난 너에게 말을 해야겠어.”

“….”

“자냐?”

“….”

“사실은 나 널 좋아해. 우리 처음 만났던 날 기억해? 그때부터 난 네가 좋았어. 너에게 고백했다가 친구 사이도 못 될까 봐 말하지 않았는데 난 안 되겠어.”

민재가 말하는데 유미가 민재의 목을 꽉 끌어안았다. 민재는 말없이 웃었다.

다음 날 침대에서 눈을 뜬 유미는 머리가 아팠다. 지난밤, 일들이 기억이 잘 나지 않았다. 어떻게 집에 왔는지 기억이 나지 않았다. 은수에게 전화를 하려고 하는데 누군가 초인종을 누르는 소리가 들렸다. 문을 여니 은수였다.

“일어났네?”

“머리 아파. 나 어떻게 집에 왔어? 기억이 안 나.”

“야~, 어제 일을 기억 못 하면 어떻게 해.”

“왜~? 나 뭐 실수했어?”

"어, 장난 아니었지…. 내가 창피해서…."

"…."

"농담이야. 실수한 건 없고, 어제 민재가 너 집에 데려다줬어. 나중에 민재한테 고맙다고 해. 좋아한다고 고백도 꼭 하고!"

"뭐?"

"너 민재 좋아한다고 어제 나한테 고백했잖아. 그거 나한테 말고 민재한테 하라고"

"민재도 알아? 어떻게 해?"

"걱정하지 마. 민재는 몰라. 그냥 너 취해서 내가 너 데려다주라고 부른 게 다니까…."

은수가 해장국이나 먹으라고 건네는데 머리를 잡고 있던 유미가 갑자기 뭔가 필름처럼 떠올랐다. 민재 얼굴을 잡고 흔들면서 '어? 민재다. 언제 왔지?'를 반복하고 업어달라고 조르고 업히고 했던 일들이 기억이 났다.

창피함에 머리를 헝클어뜨리며 어쩔 줄을 몰라 하고 은수는 왜 그러냐며 당황했다. 유미는 은수에게 집에 오는 길에 민재에게 한 만행을 말하고 은수는 빵 터져 웃었다. 유미는 그만 웃으라고 하지만 은수는 나오는 웃음을 참을 수가 없었다. 호프집에서도 민재 보자마자 그랬다고 이야기하니 유미는 온몸을 흔들며 민재의 얼굴을 어떻게 보냐고 난리를 쳤다.

"기억났어. 어제 우리가 나눈 대화. 다 기억났어."

"필름이 완전히 날아가지는 않았구나."

"지수 좋아하는 거 사실이야?"

"몰라."

"말해봐~, 사실이야?"

"그래! 사실이야! 너도 비밀 지켜라!"

"알았어. 알았어. 오~, 우리 은수 지수 같은 스타일 좋아하는구나? 지수가 좀 자상하긴 하지?"

"그만해!"

"알았어~."

둘은 그렇게 웃고 떠들며 즐거워했다. 그런데 갑자기 전화벨이 울렸다. 민재다. 유미는 당황하고 은수는 빨리 받으라고 성화다. 전화벨은 계속 울리고 유미는 선 듯 전화를 받을 수가 없었다. 보다 못한 은수가 통화버튼을 터치했다.

"유미야~."

"…."

"여보세요? 유미야~."

은수는 빨리 말하라고 유미를 툭툭 치고 유미는 난처해 했다.

"유미야? 여보세요? 안 들려?"

"어, 들려. 민재야."

"잘 잤어? 속은 좀 괜찮아?"

"응, 괜찮아. 어제는 고마웠어."

"고맙긴, 너 취하니까 귀엽더라."

"그만 놀려. 어제 내가 한 실수들은 다 잊어주라."

"싫은데?"

"야~."

"실수한 거 없으니까 걱정하지 마."

"어제는 진짜 미안. 암튼, 진심 고마웠어."

"오늘 점심때 너희 학교로 갈게. 만나자. 할 말이 있어."

"무슨 말? 무섭게 왜 그래?"

"만나면 말해줄게. 이따 만나."

유미는 민재와 전화를 끊고 고개를 갸우뚱하고 은수는 왜 그러냐고 묻는데 민재가 점심때 학교에 온다고 했다고 얘기하고 은수는 잘된 거 아니냐고 이참에 고백하라고 하고 유미는 그건 안 된다고 미친 짓이라고 말했다. 은수는 유미의 마음을 이해할 수 있었다. 자신 역시 지수에게 고백을 못 하고 있으니까….

육

유미가 햇살이 비치는 벤치에 앉아 책을 보고 있다. 가을 햇살이 눈부시게 아름다웠다. 그런 유미를 사랑스러운 눈빛으로 민재가 바라보고 있다. 민재는 유미에게 뭔가 이야기를 하려고 하는 듯했다. 뚜벅뚜벅 유미에게 다가가 커피처럼 따뜻하고 햇볕처럼 아름답게 따뜻한 커피를 건넸다.

"어? 왔어? 웬 커피?"

"마시고 싶을 것 같아서."

"고마워. 안 그래도 마시고 싶긴 했어."

"역시~, 내가…."

"민재야~."

"알았어. 알았어. 무슨 책 읽고 있었어?"

"이거? 한소진 작가님의 『사의 찬미』."

"무슨 찬미?"

"사의 찬미! 이 책 몰라?"

"모르는데? 무슨 내용인데?"

"이게 무슨 내용이냐면 말이야. 조선 최초의…."

유미가 책 내용을 민재에게 이야기하려는 찰나에 누군가 민재를 불렀다.

“민재야!”

“지은아, 여긴 어쩐 일이야?”

“어쩐 일? 여기 내가 다니는 학교거든요!”

“아, 그렇지?”

“아~? 뭐야!”

“그럴 수도 있지 뭘 그러냐?”

“유미는 우리 학교까지 웬일이야?”

“어?”

“유미는 나랑 약속 있으니까 왔지.”

지은은 민재의 반응에 기분이 별로 좋지 않았다. 뾰로통한 표정으로 유미를 쳐다보고 유미는 살짝 불편함을 느꼈다.

“민재가 같이 점심 먹자고 해서 나도 시간이 중간에 비어서 겸사겸사 왔지. 넌 점심 먹었어? 안 먹었으면 같이 먹을래?”

“그래? 안 그래도 배고팠는데 잘됐네~.”

민재는 ‘이게 아닌데?’ 하는 표정을 짓는다.

“지은! 너 수업 없어?”

“밥은 먹어야지. 왜 내가 끼면 불편해?”

“민재야, 왜 그래~. 지은아, 그런 거 아니야 같이 먹자.”

“그래~, 같이 가자!”

지은은 유미가 민재와 둘이 있는 게 싫었다. 민재가 유미를 다정하게 바라보는 모습을 보면 화가 나서 견딜 수가 없었다. 그래서 더욱 유미가 미웠다. 얼떨결에 세 명이 함께 점심을 먹게 되었고, 유미에게 자신의 마음을 고백하려던 민재의 계획은 다음으로 미뤄야 했다. 셋은 민재가 예약해 둔 식당으로 갔다.

“와~, 여기 좋다~. 이 좋은 데를 둘만 오려고 했다는 거야?”

“무슨 소리야~.”

“무슨 소리기는, 민재가 여기 너랑 오려고 예약까지 한 거잖아~. 김민재 말해봐, 아니야?”

“예약한 거는 맞는데….”

“거봐. 왜 예약까지 하고 밥을 먹어? 혹시, 둘이….”

“지은아, 여기 원래 예약 손님만 받아~ 민재랑 나랑 그런 거 아니야. 오해하지 마.”

“유미야, 가만있어 봐. 지은아, 나 오늘 유미한테 할 말이 있었어. 그래서….”

“내가 눈치 없이 끼어들었구나! 미안하네.”

“민재야, 너 왜 그래? 지은아, 그런 거 진짜 아니야. 민재가 밥 사준다고 해서 학교로 오라고 해서 온 거고, 여기는 예약 손님만 받는다고 하니까 예약을 한 거야. 오해하지 마. 내가 왜 이런 변명을 하는지 모르겠다.”

“알았어. 알았어. 어쨌든 내가 뭐든 다 잘못했다. 자리로 가서 앉아들 있어. 나 화장실 좀 다녀올게.”

유미와 지은은 어색하게 자리로 가서 앉았다. 유미는 지은에게 민재와의 관계에 대해 변명 아닌 변명을 해야 하는 자신에게 짜증이 났다. 갑자기 이 자리가 불편해졌다. 그렇다고 갑자기 가 버리기도 난처했다.

“지은! 유미! 음식이나 먹자. 어쨌든 다 같이 잘 먹으면 되는 거잖아!”

“그래 뭐~. 뭐 먹을 거야?”

“방금 화장실에 다녀오면서 내가 다 주문했으니 두 분은 드시기만 하십시오~.”

“뭐야~, 김민재! 갑자기 남자 짓이야?”

“이게 남자 짓이야? 그런 건 또 몰랐네.”

“챙김 받는 것 같고 기분 좋잖아~. 안 그래?”

지은이 유미를 쳐다보며 묻는데 유미는 창밖을 바라보며 넋 놓고 있다.

“정유미?”

“어?”

“무슨 생각을 그렇게 해?”

“그냥…. 날씨가 좋아서…. 뭐라고 했어?”

“별 얘기 아니야!”

“그래? 근데 우리 뭐 먹어? 주문은 안 해?”

“조금 전까지 그 얘기했거든!”

“아…. 그래? 미안….”

“창밖에 뭐 있어? 딴생각하니까 모르지…. 아까 민재가 화장실 다녀온다면서 다 주문했대. 완전 남자 짓이지?”

“남자 짓? 미리 주문하는 게 남자 짓이야? 난 잘 모르겠는데….”

민재는 그런 유미를 보면서 웃고, 지은은 입술이 뾰로통했다. 그러는 사이 주문한 음식이 나왔다. 유미와 지은은 휴대전화를 꺼내고 음식 사진을 찍었다.

"너희들 뭐 하는 거야?"

"사진을 남겨야지. 그렇지?"

"맞아~."

"이럴 때 보면 너희 둘 진짜 잘 맞아."

"그런가? 대부분 다 사진 찍고 그러지 않나?"

"맞아. 내 친구들도 사진 많이 찍는데 여자애들이랑 남자애들이랑 좀 다를 수 있지 뭐."

"빨리 찍어. 배고프다."

"치~, 너 진짜 재미없어."

그리고는 함께 음식을 먹었다. 맛있다고 말하며 음식을 먹고 있는데 유미의 전화벨이 울렸다. 혜진이였다.

"여보세요."

"어디야?"

"민재랑 지은이랑 점심 먹고 있어."

"그래? 교수님께서 다음 달에 있을 북 콘서트 준비로 모이라고 하셨거든."

"어떡하지? 여기 애들 학교 근처라서 가려면 조금 시간이 걸릴 것 같은데 최대한 빨리 갈게 그리고 교수님께는 내가 조금 늦는다고 연락드릴게."

"그래, 천천히 와."

전화를 끊고 유미는 교수님께 바로 전화를 하고 최대한 빨리 가겠다고 말했다. 그리고 민재와 지은에게 미안하다고 먼저 간다고 말했다. 지은은 다음에 보자며 잘 가라고 하는데 민재는 아쉬워했다.

"학교까지 같이 가줄까?"

"아니야. 괜찮아. 지은이랑 점심마저 먹어~."

그리고 일어서서 나갔다. 지은은 유미에게 잘 가라고 하고 민재에게 음식을 덜어 주면서 먹으라고 했다. 민재는 고맙다고 말하지만, 신경은 유미에게 가 있다. 도저히 안 되겠는지 민재는 더는 주춤하고 싶지 않았다. 우물쭈물하면서 기회를 놓쳐 버리는 자신을 이제는 용납할 수가 없었다.

"지은아, 미안해. 나 먼저 가볼게."

"뭐?"

"유미에게 가 봐야 할 것 같아. 미안해. 다음에 보자."

"…."

지은을 두고 민재가 나가고 지은은 황당함을 감출 수가 없었다. 민재가 달렸다. 저 앞에 유미가 걸어가는 모습이 보였다. 민재의 얼굴에 미소가 가득했다.

"유미야."

"민재야…."

"같이 가자!"

"지은이는 어쩌고?"

"너랑 같이 가려고…."

"…."

"가방 줘. 내가 들어줄게."

"괜찮아."

"줘~, 들어줄게."

민재는 유미의 가방을 자신이 메고 함께 걸어갔다. 그리고 지하철을 탔는데 사람이 많았다. 민재와 둘이 나란히 서서 갔다.

"학교에는 갑자기 왜 가는 거야?"

"아, 다음 달에 우리 과에서 북 콘서트를 하거든. 좋은 책 소개하고 뭐 함께 좋아하는 책 공유하고 그런 거? 그거 준비하는 것 때문에 담당 학생들이랑 교수님이랑 갑자기 미팅이 잡혔다고 혜진이한테 연락이 와서 가는 거야."

"그렇구나. 그때 나도 꼭 초대해줘. 궁금하다."

"그래. 얼마든지 와~."

둘이 이야기를 하면서 가는데 사람들이 더 밀려들어 왔다. 자리는 좁아지고 유미도 불편함을 느꼈다. 유미의 불편함을 먼저 느낀 민재는 유미 앞으로 서서 유미를 보호해주었다. 유미는 민재의 얼굴을 쳐다보며 말했다.

"고마워."

"유미야."

"응?"

"너한테 할 말이 있어."

"나한테? 무슨 말?"

"…."

"민재야? 할 말이 뭔데? 너 뭐 안 좋은 일 있어?"

“아니, 그런 게 아니고….”

민재가 말하려는 찰나 전화벨이 울렸다.

“잠깐만! 여보세요. 네 오빠, 지금 가고 있어요. 네, 알겠습니다.”

“누구야?”

“아, 같은 과 오빠. 지난번에 너도 봤던 그….”

“그 너한테 들이대던 남자?”

“뭐? 응. 저, 뭐, 암튼 맞아.”

민재는 그 남자의 전화로 이대로 있으면 안 되겠다고 생각했다. 고개를 돌려 숨을 크게 쉬었다.

“유미야, 아까 할 말 있다는 거 말이야.”

“응? 뭐?”

“나, 너 좋아해.”

“나도 너 좋아해.”

“아니, 그런 거 말고 나 너 친구 이상으로 좋아. 나랑 사귈래? 나랑 사귀자! 우리 사귀자.”

“뭐?”

“나랑 사귀자고. 네가 좋아”

“….”

“왜 말이 없어?”

“….”

유미는 기쁘지만 대답하지 못했다. 생각이 많았다. 친구조차 못 되면 어떻게 해야 할지 몰랐다. 민재는 유미의 얼굴만 바라봤다.

“유미야, 혹시 난 너에게 남자가 아니야?”

"그런 거 아니야."

"근데 왜 아무 말도 하지 않아?"

"두려워서…."

"뭐가?"

"우린 지금 좋은 친구잖아. 그런데 사귀다가 혹시라도 헤어지게 되면 친구조차 될 수 없게 되니까 그게 두려워."

"그럴 일 없어. 난 너랑 헤어지지 않아."

"자신 있나 봐? 난 겁이 나는데…."

"난 절대 너랑 헤어지지 않을 거야. 우리 처음 만났을 때부터 난 네가 좋았어. 너무 늦은 고백이 미안할 뿐이야. 너무 많은 생각과 부족한 용기로 이제야 용기를 내. 그러니 내 마음 너도 나와서 갔다면 받아주면 좋겠어."

"…."

"널 놓치고 싶지 않아."

"민재야~."

"응?"

유미가 민재에게 할 말이 있는 듯 고개를 낮추라고 손짓했다. 민재는 대답하면서 고개를 낮춰 유미와 얼굴을 마주했다. 유미가 민재의 입술에 가볍게 입을 맞췄다. 민재의 두 눈이 동그랗게 변했다.

"내 대답."

유미의 대답을 들은 민재의 얼굴에 한가득 웃음꽃이 피었다. 유미는 지하철 안에서의 자신의 행동과 민재에게 그렇게 고백한 모습에 설레기도 하고 부끄럽기도 했다. 고개를 돌려 다른 곳을 바라보았다.

"유미야, 나 좀 봐봐."
"몰라. 부르지 마. 나 지금 엄청 창피해."

민재는 계속 웃음이 멈추지 않았다. 행복한 웃음이 사라지지 않았다. 유미도 자신과 같은 마음이었다는 사실에 더 빨리 고백하지 못한 자신이 후회스러울 만큼 행복했다. 지하철이 서서히 멈췄다. 사람들이 하나, 둘 내렸다. 민재가 유미의 손을 잡았다.
"유미야, 우리 내려야 해."
"그래."
지하철에서 내리고 유미가 손을 빼려고 하는데 민재는 더 꽉 잡았다.
"이 손 좀 놔."
"싫어. 절대 안 놓을 거야. 어떻게 잡은 손인데 놓겠어?"
"뭐~?"
"빨리 가야 한다며? 가자!"
민재는 유미의 손을 잡고 걸었다. 유미는 그런 민재를 바라보며 미소를 보였다. 둘은 함께 걸어갔다. 유미의 학교까지 함께 손을 잡고 걸어가고 있다. 서로 바라보며 웃고 즐거웠다. 둘이 걸어가는데 앞에서 누군가 걸어오는 게 보였다. 은수다.
"야, 정유미, 김민재 너희 둘 뭐야?"
"은수야~."
은수를 보고 민재의 손을 놓으려고 하는데 민재가 손을 놔 주지 않았다. 그리고 은수를 보고 잡은 손을 들고 웃었다.
"우리 오늘부터 1일이다!"

"진짜? 대박! 축하해. 진작 그랬어야지. 누가 고백했어? 우리 유미 드디어 용기 낸 거야?"

"한은수!"

말하고 있는 은수의 입을 유미가 막았다.

"뭐야? 유미 너?"

"몰라~, 말하지 마! 나 먼저 간다. 한은수 너! 아무 말도 하지 마!"

유미는 창피한 듯 민재에게서 자신의 가방을 가져가는 것도 잊어버리고 달려갔다. 남겨진 민재와 은수는 창피해서 자리를 피하는 유미를 보며 웃었다. 유미는 모두 모여 있는 곳에 가서 늦어서 죄송하다고 인사를 하고 혜진과도 반갑게 인사를 했다. 그리고 자연스럽게 북 콘서트 준비하는 일에 참여했다.

민재와 은수가 벤치에 앉아있다.

"둘이 언제 사귀나 했더니 드디어 사귀는구나? 축하한다. 그리고 내 친구 눈에서 눈물 나게 하지 마라. 가만 안 둔다!"

은수가 웃으며 농담처럼 하는 이야기에 민재는 당연하다며 걱정하지 말라고 했다.

"근데, 유미는 나 언제부터 좋아했는지 알아? 말을 안 해줘."

"유미? 이건 비밀인데…."

"뭐?"

"아니야. 말하면 나 혼날 것 같아."

"유미한테는 말 안 할게."

"우리 처음 청소년 연합캠프 갔을 때 기억나?"

"당연하지. 내가 유미를 그때부터 좋아했는데…."
"헐. 대박. 근데 왜 이제야 고백한대."
"지금 다 말하기 너무 길다. 천천히 얘기할게. 그래서 계속 얘기해봐."
"그때 너 드럼 연주했잖아. 그때부터야."
민재는 유미도 자신을 오랫동안 좋아했음을 알고 기분이 좋았다. 혼자 좋아했던 게 아니라는 사실에 행복하고 행복했다. 은수는 유미에게는 비밀이라고 말하지 말라고 하고 민재는 걱정하지 말라고 했다. 은수는 정말 잘 됐다고 헤어지지 말고 행복하게 지내라고 했다.

혼자 남겨진 지은은 화가 났다. 그 자리에서 박차고 나와 민재를 따라갔었다. 그런데 민재가 유미에게 어쩔 줄 몰라 하며 다정하게 행동하는 모습에 걸음이 떨어지지 않았다. 민재에 대한 근거 없는 서운함과 유미를 향한 분노가 치밀었다.
"정유미, 예전이나 지금이나 넌 정말 안 되겠다. 내 앞을 항상 막는구나! 내가 가질 수 없는 건 너도 가질 수 없어. 난 네가 눈물 흘리는 꼴을 꼭 보고 말 거야."
둘의 모습을 보고 화가 난 지은은 돌아서서 혜진에게 전화를 걸었다. 혜진은 지금 학교에 일이 있어서 당장은 안 되고 저녁에 만날 수 있다고 하고 지은은 괜찮다며 그럼 그때 만나자고 했다.
지은과 혜진이 호프집에 마주 앉아있다. 지은은 말없이 맥주를 벌컥벌컥 마셨다. 아무 말 없이 맥주만을 먹는 지은을 보고 혜진은 걱정스러웠다.

"지은아, 무슨 일이야? 왜 이렇게 급하게 마셔? 천천히 마셔~."

혜진의 이야기에도 지은은 맥주만 연신 들이켰다. 맥주를 마시는 지은의 맥주잔을 혜진이 가로챘다.

"강지은! 너 도대체 왜 그러는 거야? 말을 해!"

"민재랑 유미. 걔네 둘 사귀는 것 같아. 아니, 사귀는 게 확실해."

"무슨 소리야? 나 아까도 과에 일 있어서 유미랑 같이 있다 왔는데 아무 말 없었어."

"확실해. 너한테도 말하지 않았나 보네. 점심때 민재랑 나랑 유미랑 셋이 같이 있었는데 유미가 너한테 전화 와서 나가는데 민재가 따라 나가더라. 황당해서 나도 따라 나갔는데 둘이 진짜…."

"…."

"혜진아, 사실 내가…. 내가 말이지…."

지은은 화가 가라앉지 않았다. 오히려 시간이 지날수록 더 화가 났다. 그래서 빈속에 맥주만 연신 들이켰는지도 몰랐다. 혜진이 계속 말리지만 지은은 멈추지 않고 계속 마셨다. 어쩌면 멈추지 않은 게 아니라 멈출 수가 없었는지도 몰랐다.

"혜진아, 사실 내가 민재를 좋아했다! 아니, 좋아해. 지금도…."

지은의 이야기에 혜진은 살짝 짐작은 했지만 놀랐다.

"놀랐어?"

"응. 조금…."

"민재랑 유미랑 예전부터 알던 사이인 거 알아?"

"아니…. 무슨 말이야?"

"몰랐구나! 그럴 줄 알았어. 유미 걔가 진짜 아닌 척하면서 뒤로

호박씨 깐다니까. 진짜 여우 같은 계집애야"

"둘이 어떻게 알아?"

"예전에 중학교 때 연합캠프를 간 적이 있었어. 그때 만났지. 그때 내가 민재 찍었다고 얘기했는데도 민재랑 유미랑 둘이 장난 아니었어."

"그런 얘기 들은 적 없는데…."

"유미가 그런 말 하는 애가 아니지, 역시 예전이나 지금이나 호박씨 작렬이야. 암튼 유미 너무 믿지 마! 나중에 나처럼 뒤통수 맞는다."

지은의 이야기에 혜진은 혼란스러웠다. 민재와 소개팅을 시켜줄 때도 유미는 아무런 말도 하지 않았었다. 당연히 소개팅에서 둘이 처음 만나는 것으로 생각했다. 지은이 다혈질적이기는 해도 근거도 없이 거짓말을 하는 친구는 아니라고 믿었기에 혜진은 마음이 불편할 수밖에 없었다. 당장 민재든 유미에게든 전화를 걸어 확인하고 싶었다. 하지만 애꿎은 전화기만 만지작거릴 뿐이었다. 막상 전화를 걸어 무슨 말을 어떻게 물어봐야 하는지도 난감했다. 술을 마시던 지은이 갑자기 혜진을 불렀다.

"혜진아, 난 너도 이해가 안 가."

"나? 뭐가?"

"너 민재 좋아하잖아. 근데 왜 유미한테 소개를 해줬어? 네가 좋아하는 남자를?"

"지은아! 너 취했구나. 민재는…."

"그냥 친구라고? 어릴 적부터 친한?"

"그래! 그냥 친한 친구야. 서로 잘 아는 그냥 친구!"

"거짓말하지 마! 네가 민재 보는 눈빛은 친구를 바라보는 눈빛이 아니야. 좋아하는, 아니다. 사랑하는 남자를 바라보는 눈빛이야!"

"그런 말도 안 되는 이상한 소리 하지 말고 그만 일어나. 집에 가자!"

혜진은 지은의 이야기에 당황스러웠다. 민재가 늘 신경이 쓰이기는 했지만, 민재를 남자로 깊게 생각한 적은 없었다. 그리고 민재가 여자 친구를 소개해 달라고 했을 때도 유미랑 잘 되기를 바라는 마음에서 소개해주었다. 민재를 남자로 좋아했다면 절대 유미를 소개해주지 않았을 것이었다.

비틀거리는 지은을 부축하고 택시를 태워 보냈다. 조심해서 가라고 인사하고 지은을 태운 택시가 출발하는 모습을 한 참 바라보았다. 저 멀리 택시가 멀어지자 지은이 길을 걸으며 전화기를 만지작거렸다. 어딘가에 전화를 할까? 말까? 망설여졌다. 한참을 주춤거리다 전화를 걸었다.

"혜진아, 이 시간에 어쩐 일이야?"

민재에게 전화를 걸었다. 민재의 목소리가 어느 때보다도 밝았다. 혜진은 자기도 모르게 입꼬리가 올라가며 목소리까지 한층 밝아졌다.

"그냥 집에 들어가는 길에 혼자 걸어가기 좀 심심하고 그래서 전화했지."

"나 땅콩 된 거야? 심심풀이 땅콩?"

민재의 우스꽝스러운 장난에도 혜진은 즐거웠다.

"너도 집 아닌 것 같은데? 어디야?"

"너 완전 귀신같아. 집 아닌 거 어떻게 알았지?"
"옆에 사람들 떠드는 소리 다 들리는데 그럼 모르냐?"
"그런가? 나 여기 유미가 아르바이트하는 편의점 벤치에 앉아서 아이스크림 먹고 있지."
혜진은 갑자기 지은이 했던 이야기가 생각났다. 민재와 유미가 사귄다는 소리가…. 하지만 혜진은 민재에게 유미와 사귀냐고 선뜻 물어보지 못했다.
"혜진아, 너는 내가 젤 친하다고 생각하는 내 여자인 친구니까 말하는데, 나 오늘부터 유미랑 사귀기로 했어."
"뭐?"

혜진은 길을 걷다 갑자기 멈추며 자신도 모르게 큰 소리가 나오고 말았다. 민재에게 직접 들으니 자신도 모르게 놀랐다.
"깜빡이야! 왜 놀랄 일이야?"
"아니, 갑작스러워서…."
혜진은 급히 평정심을 유지하면서 민재에게 아무렇지 않은 목소리로 이야기했다. 하지만 혜진의 표정은 조금 전 밝은 얼굴은 사라지고 없었다.
"축하 안 해줘?"
"해 줘야지…. 축하해…. 잘 됐다…."
"고마워. 유미가 내 고백을 거절할까 봐 얼마나 마음을 졸였는지 몰라."
"유미도 네가 좋대?"
"그럼, 나랑 같은 마음이니까 우리가 오늘부터 1일이지!"

혜진과 민재가 통화를 하고 있는데 유미가 아르바이트가 끝나 유니폼 조끼를 벗고 정리하고 있다. 그 모습을 민재가 봤다.

"혜진아, 유미 아르바이트 끝났어. 전화 끊어야겠다. 다음에 또 통화하자!"

"어…. 그…."

혜진의 말이 채 끝나기도 전에 민재의 전화가 끊어졌다. 혜진의 마음이 이상했다. 정말 지은의 말처럼 민재를 좋아한 건지 자꾸만 지은의 말이 머릿속을 맴돌았다. 혜진은 이건 아니라고 너무 친한 친구에게 여자친구가 생기다 보니 그냥 기분이 이상한 거로 생각하려고 했다. 하지만 머리와 마음이 이상하게 따로 움직이는 것 같았다.

유미가 편의점 문을 열고 밖으로 나왔다. 민재가 유미를 웃는 얼굴로 기다리고 있다. 유미도 민재를 보고 웃었다. 이제 사랑이 시작된 연인의 풋풋한 모습이었다.

"오래 기다렸지?"

"아니~, 너 일하는 모습 구경하고 좋았어."

"뭐야~."

"어디 가고 싶은데 있어?"

"나? 서점! 너무 답답한가?"

"아니~, 좋아~. 난 네가 좋아하는 데는 다 좋아."

"너 진짜 왜 그래?"

유미는 사랑을 표현하는 민재가 싫지 않았다. 함께 걸어가는데 민재가 유미의 손을 잡았다. 유미는 민재의 얼굴을 한 번 쳐다보고 민재도 쳐다보았다. 둘은 서로 마주 보고 다정하게 눈을 맞추고 함께 걸어갔다. 서점에서 서로 좋아하는 책을 고르고 있다. 유미는 한국 역사 이야기를 좋아했다. 책이 가득 꽂혀 있는 책장에 기대어 책을 한 장 한 장 넘겨 가며 살펴보고 있다. 그 모습을 조금 떨어진 곳에서 민재가 바라보고 있다. 책을 보고 있는 유미를 민재가 사진 속에 담고 있다. 책을 보다 고개를 든 유미가 사진을 찍고 있는 민재를 발견했다.

"뭐 하는 거야?"

"기록을 남기는 거지! 너랑 함께한 기록!"

"뭐야, 나 지금 완전 이상한데…."

"예뻐~, 걱정하지 마! 우리 같이 인증샷?"

"나 오늘 완전 이상해."

"하나도 안 이상해. 그러니까 걱정하지 마!"

둘은 난데없이 서점에서 사진을 찍었다. 소소한 일상이 즐겁고 행복했다.

함께 나란히 앉아 책을 보고 있다. 유미는 책을 보고 민재는 유미를 보고 있다. 책을 보던 유미가 졸고 있다. 학교 수업에 아르바이트에 유미는 매일 잠자는 시간이 부족했다. 앞으로 꾸벅꾸벅 졸고 있는 유미의 모습이 민재는 귀엽기만 했다.

유미의 머리가 민재의 어깨로 '툭' 하고 떨어졌다. 그러다 앞으로 고개가 떨어지려는 찰나에 민재가 유미의 머리를 받쳐주었다. 민재는 조용히 유미가 쉴 수 있도록 기다려주며 유미를 바라보았다. 자신의 어깨에 기댄 유미의 머리카락을 조심스레 쓸어 올리는 민재의 손에 떨림이 느껴졌다.

유미가 움직이며 눈을 뜨는데 민재가 눈을 감고 잠든 척했다. 유미는 민재가 자는 줄 알았다. 유미가 민재의 얼굴을 빤히 쳐다보았다.

“민재야, 네가 좋아.”

“나도 네가 좋아.”

유미의 말에 대답하면서 민재가 눈을 떠 유미와 눈을 맞췄다. 유미는 깜짝 놀라 일어나려 하고 민재가 유미를 잡았다.

“나도 네가 좋아.”

“….”

“다시 말해줘.”

“몰라~, 일어나 가자!”

“계속 가만히 있을걸.”

“뭐야?”

“아니야. 가자!”

민재는 일어서서 가는 유미의 손을 잡고 가면서 좋아한다고 몇 번이나 이야기하고 유미는 그제야 “나도 너 좋아해.”라고 말했다. 유미에게 그 말을 들은 민재는 행복하게 웃었다.

민재와 경민이 나란히 앉아있다. 민재가 경민에게 유미와 사귄다고 이야기했다. 경민은 놀란 듯하지만 이내 드디어 기나긴 짝사랑이 이루어진 거냐며 축하를 해주었다.

“앞으로 내가 너랑 좀 못 놀아줘도 너무 서운해하지 마라!”

“뭐냐? 이제 여친 생겼다 이거냐?”

"그래! 그러니까 이해 좀 해주라!"

"알았다! 나중에 다 같이 파티나 하자! 짜식! 여친 생기니까 좋냐?"

"좋다. 너도 빨리 여친 만들어라."

둘이 깔깔대며 웃고 있는데 저 멀리서 지은이 걸어오고 있다. 경민이 다가가 지은의 악기 가방을 들어주었다.

"지은아, 얘기 들었어? 민재 저 녀석 드디어 유미랑 사귄 대."

"그래?"

"안 놀라네?"

"왜 놀랄 일이야?"

"놀랍잖아. 민재 여친이 유미라니…."

둘이 이야기를 하며 민재가 있는 곳까지 왔다. 지은은 민재에게 여자친구 생긴 거 축하한다고 대충 성의라고는 1도 없어 보이는 축하를 하지만, 민재는 지은의 속도 모르고 고맙다고 말하며 신났다. 민재는 같이 밥이나 먹자며 자신이 점심을 사겠다고 하는데 지은은 경민에게 교수님이 찾는다며 경민에게 가자고 했다. 경민은 얼떨결에 지은을 따라가면서 민재에게 나중에 연락하자 하고 민재는 잘 가라고 말했다.

경민이 교수님이 왜 찾냐고 물어봐도 말해주지 않고 빨리 가자고 하고 경민은 지은의 악기를 들고 지은을 따라갔다. 민재와의 거리가 어느 정도 벌어지자 지은은 걸음을 멈췄다.

"교수님이 찾는다는 거 거짓말이야."

"뭐?"

"그냥 민재랑 밥 먹기 싫어서 둘러댄 거야. 나랑 둘이 먹는 거 싫어?"

"아니, 좋아."

"가자!"

"그래~."

경민은 지은 앞에서는 한없이 작아졌다. 지은이 밥을 둘이 먹자는 이야기에 기분 좋아서 자신의 악기와 지은의 악기를 혼자 다 들고도 얼굴에 웃음이 가득했다. 지은은 경민이 자신을 어떤 마음으로 대하는지 누구보다 잘 알고 있었다. 하지만 아는 척하지 않았다. 크게 내치지도 않고 경민의 마음을 아는 척하지도 않았다.

혼자 남겨진 민재는 이어폰을 귀에 꽂은 채 두 눈은 감고 벤치에 누워있다. 지수와 은수가 살금살금 서로 눈과 손짓으로 사인을 보내면서 민재가 누워있는 벤치로 다가가고 있다. 점점 가까이 다가가서는 민재를 화들짝 놀라게 했다. 민재는 매우 놀랐다. 지수와 은수는 하이파이브를 하면서 깔깔거렸다. 민재는 둘이 뭐 하는 짓이냐며, 얼마나 놀랐는지 아느냐며 어이없어했다.

지수는 은수에게 다 이야기 들었다면서 유미랑 사귀는 것에 관해 이야기를 하고 민재는 하루 사이에 가만히 있어도 다들 알게 되니 편하다며 장난스럽게 웃었다.

"민재, 너 다시 말하지만, 유미 슬프게 하지 마라!"

"걱정하지 마라!"

"걱정된단 말이지. 믿을 수가 있어야 말이지. 지수 정도면 모를까 너는…."

"내가 뭐가 어때서?"

"사실 네가 나보다 좀 신뢰가 안 가기는 하지."

"뭐!"

"유미가 눈이 잘못됐어! 은수야, 민재보다 내가 더 낫지 않냐?"

"뭔 소리야! 은수야, 내가 더 낫지?"

"둘이 왜 그래? 너희 둘 병이야. 둘이 손잡고 병원에 가!"

셋은 함께 이야기하며 웃는다. 친구들 사이에서 1호 커플이 된 민재와 유미는 친구들 사이에서 관심의 대상이 되었다.

"오늘은 유미 안 만나냐?"

"관심 꺼라!"

"지수야, 오늘 민재 유미 못 만나. 유미 오늘 엄청 바쁘다 그랬어."

"그래? 나한테는 그런 말 안 하던데…."

"뭐야! 김민재! 너 유미랑 사귀는 거 맞냐?"

"시끄럽다! 원래 유미가 바쁜 거 다들 알면서 그만해라."

"너희 둘 다 조용해. 정지수! 남 연애사에 관심 끄셔!"

민재는 은수의 말에 고개를 끄덕이며 공감을 표현했다. 은수는 민재에게 사회복지과 건물이 어디에 있는지 물어보고 민재는 위치를 알려주었다. 은수와 지수는 나중에 유미랑 같이 뭉치자고 이야기를 하고 민재는 알겠다고 하고 헤어졌다.

유미가 오늘 바쁘다는 이야기를 들은 민재는 유미에게 전화를 걸어보지만, 유미는 전화를 받지 않았다. 유미가 왜 바쁜지 궁금한데 전화는 받지 않고 강의 시간은 다 되어가고 민재는 답답하지만, 딱히 다른 방법이 없기에 수업에 들어갔다.

하지만 수업 시간 내내 유미 생각뿐이었다. 메시지를 보내지만, 확인하지 않았다. 무슨 일이 생긴 건지 궁금해 견딜 수가 없었다. 강의가 끝나고 지수에게 전화를 걸었다. 그리고 유미가 연락이 안 된다며 무슨 일이 있는지 혹시 아는지 물어보고 지수도 자신은 모른다며 은수에게 물어보라고 했다.

"은수야, 혹시 유미에게 무슨 일이 있는지 알아? 아까 강의하기 전부터 계속 전화해도 전화도 안 받고 메시지를 남겨도 확인을 안 하네."

"바쁘니까 전화 안 받는 거겠지. 확인하면 연락하겠지…."

"넌 알지? 무슨 일인지?"

"몰라, 나한테 물어보지 마! 유미가 말하지 말라고…. 몰라, 몰라, 끊어!"

은수는 그냥 전화를 끊어버렸다. 뭔가 이상하다는 생각이 든 민재는 다시 전화하고 은수는 지수에게 그냥 전화 받지 말라고 말했다. 하지만 지수도 무슨 일인지, 유미에게 무슨 일이 생긴 건지 궁금해하며 은수를 다그쳤다. 지수의 다그침에 은수는 결국 입을 열었다.

"유미 지금 병원에 있어. 원래 어릴 때부터 몸이 좀 약했잖아. 그런데 무리하고 제대로 잘 챙겨 먹지도 않고 그래서 쓰러졌어. 유미가 말하지 말라고 했단 말이야. 아픈 모습 보이기 싫다고…."

"그래도 말을 해야지, 비밀로 할 일이 따로 있지. 유미 여기에 가족도 없는데…."

"나도 그렇게 말했는데 유미가 계속 말하지 말아 달라고 부탁하

길래 어쩔 수 없었어.”

“너희 둘 정말~.”

“미안.”

지수와 은수가 이야기하는 동안에도 민재에게 계속 전화가 왔다. 지수가 전화를 받았다. 그리고 유미가 쓰러져서 병원에 있다고 이야기하고 민재는 놀랐다. 민재와 은수, 지수 셋이서 유미가 입원한 병원으로 갔다. 민재의 표정이 별로 좋지 않았다. 은수도 안절부절못했다. 유미가 갑자기 쓰러지는 바람에 휴대전화를 챙길 여유가 없었다.

유미가 입원해 있는 병실 문이 열리고 민재가 먼저 들어갔다. 유미가 침대 위에 누워있고 잠들어 있다. 뒤이어 지수와 은수가 들어왔다. 유미는 친구들이 들어온 것도 모른 채 잠들어 있고 잠시 후 간호사가 들어와 유미를 살폈다. 민재는 간호사에게 유미의 상태를 묻고 간호사는 너무 무리해서 그런 것이니 쉬면 괜찮아진다고 걱정하지 말라고 푹 쉴 수 있도록 해주면 된다고 하고는 나갔다.

민재는 여기는 자신이 있을 테니 지수와 은수에게 가보라고 하고 은수는 민재에게 미안하다며 유미가 부탁해서 어쩔 수 없었다고 했다. 민재는 괜찮다고 이해한다고 하며 유미의 손을 잡고 유미만을 바라보았다.

“지수야, 가자!”

“그래, 민재야 우리 갈게. 유미 깨어나면 연락해 줘.”

“알겠어. 조심해서 가.”

민재는 한참을 유미만을 바라봤다. 얼마나 지났을까? 유미가 스르르 눈을 떴다.

“유미야, 정신이 들어? 괜찮아? 나 알아보겠어? 여기가 어딘지 알아?”

“하나씩 물어봐.”

민재를 본 유미가 살며시 미소를 보이며 대답했다. 민재는 다행이라며 유미의 손을 꼭 잡고 유미와 눈을 맞췄다.

“아프면 나한테 먼저 연락해야지. 연락 안 돼서 얼마나 걱정했는지 알아?”

“미안해. 네가 걱정할까 봐 그랬어.”

“너랑 연락이 안 되는 게 더 걱정이야. 앞으로는 무슨 일 생기면 내가 1번이야 알았지?”

“알겠어.”

“괜찮아서 정말 다행이다.”

유미가 몸을 일으키려 하자 민재는 그냥 누워있으라고 좀 쉬어야 한다며 야단을 떨었다. 유미는 괜찮다고 말하지만, 민재는 안 된다고 했다. 유미는 민재의 호들갑에 꼼짝없이 환자가 되었다. 환자식 죽이 나왔는데 유미가 혼자 먹을 수 있다고 해도 민재는 안 된다면서 먹여주었다.

“나 그렇게 죽을병에 걸린 거 아니거든. 왜 호들갑이야?”

“안 돼! 아무것도 하지 마! 내가 다 해줄게.”

유미는 민망하면서도 자신을 챙겨주는 민재에게 고맙고 행복했다. 유미가 퇴원하는 날 지수와 은수도 함께 왔다.

“창피하게 다들 왜 그래? 은수 너까지 이러기야?”

“나한테 아무 말도 하지 마! 너랑 비밀 지키려다가 여기 두 남자에게 얼마나 시달렸는지 알아? 아휴~, 입원은 내가 해야겠어!"
넷은 모든 상황에 웃음이 났다.

한편, 혜진은 유미가 입원했다고 해도 병원에 가볼 수가 없었다. 병원에는 민재가 있고 민재를 아무렇지 않게 볼 자신이 없었기 때문이었다. 왜 그런 마음이 드는지 자신의 마음이 어떤 건지 제대로 확인을 해야 했기 때문에 민재를 마주하는 자리가 유미가 입원한 병원이면 안 된다고 생각했다. 혜진은 자신의 방의 책상 앞에 앉아 한없이 멍청히 있다. 무슨 생각을 하는지 엄마가 부르는 소리도 듣지 못했다.

"혜진아! 혜진아~, 박혜진!"

"어?"

"무슨 생각을 그렇게 해. 나와서 밥 먹어~."

"아니, 생각 없어요. 이따가 먹을게요."

혜진의 엄마는 혜진의 모습이 낯설었다. 혜진 아빠에게 혜진이가 요즘 좀 이상하다며 평소 같으면 밥을 굶는다는 건 있을 수 없는 일인데 며칠 사이 혜진이는 식사를 거르는 일도 많고 멍청히 있으며 혼자 있는 시간도 많아졌다.

"우리 혜진이가 우리가 알고 있는 혜진이가 맞는 건지 모르겠어~."

"청춘이잖아. 고민도 많고, 생각도 많겠지. 그냥 놔둬!"

"평소랑 다르니까 걱정돼서 그러지…."

"그렇게 걱정되면 민재 엄마한테라도 전화해서 물어보던지…. 혹시 알아 우리랑은 얘기 안 해도 민재 그 녀석하고는 워낙 가까이 지내니까 알고 있을지….”

“그럴까? 당장 전화해 봐야겠다.”

혜진의 엄마는 민재 엄마에게 전화하기 위해 안방으로 들어가고 혜진의 아빠는 고개를 절레절레 저으며 식사에 열중했다. 방으로 들어간 혜진의 엄마는 휴대전화를 꺼내 민재의 엄마에게 전화를 걸었다.

“언니~, 나 혜진 엄마~.”

“어~, 오랜만이네. 잘 지냈어?”

“나야 뭐 늘 똑같지. 언니도 잘 지내지? 민재는?”

“우리도 잘 지내지. 민재는 왜? 아직 집에 안 왔는데…. 친구가 아프다고 병원에 갔어. 어제도 그 친구랑 있었는지 집에 안 들어 왔더라고. 근데 우리 민재는 왜?”

“아니, 요새 혜진이가 무슨 일이 있는지 좋아하는 밥도 거부하고 며칠째 방에 틀어박혀서 나오지 않길래 혹시 민재는 알까 싶어서 전화해 봤는데 민재는 친구가 아파서 병원에 있으니 모르겠네~.”

“민재 오늘은 친구 퇴원해서 집에 온다고 하니까 민재 들어오면 혹시 뭐 아는 거 있는지 물어볼게.”

“고마워 언니~.”

“우리 사이에 고맙기는…. 조만간 얼굴 보자!”

“그래요. 언니, 쉬어요~.”

혜진 엄마는 혜진이 걱정스러웠다. 다시 살며시 혜진의 방문을 열어보았다. 혜진이 그 자리 그대로 책상에 엎드린 채 있다. 혜진의 뒷모습만 바라보다 조용히 문을 닫았다.

민재와 유미가 카페에 나란히 앉아있다. 테이블 위 진동벨이 울리고 민재는 진동벨을 들고 일어섰다. 민재가 쟁반에 들고 오는 건 따뜻한 자몽차와 커피 그리고 작은 케이크 두 조각!

"맛있는 거 먹자니까…."

"난 이거면 돼."

"지금이라도 뭐 먹으러 가자! 어디 보양식 잘하는 데 있나 찾아볼게."

"보양식? 됐어~! 나 그런 거 별로 안 좋아해."

"그래? 진짜 괜찮겠어?"

"괜찮아. 걱정하지 마~."

"걱정이 안 돼야 말이지…. 정말 우리 유미는 새우깡도 아니고 손이 너무 많이 가요."

"뭐?"

"좋다고~, 먹어, 먹어~."

민재와 유미는 나란히 앉아 웃었다. 서로 케이크를 먹여주기도 하며 함께하는 시간을 즐겁게 보냈다.

"이번 추석 연휴 때 시골에 내려가?"

"모르겠어. 아르바이트하니까 엄마는 귀찮고 힘들게 움직이지 말라고 하는데 그래도 안 가려니 좀 마음에 걸려서 가야 할지 말아야 할지 고민 중이야. 근데 그건 왜?"

"아니, 너 어디 안 가면 내가 너랑 어디 가려고…."

"어디?"

"바다?"

"바다? 싫어. 난 안 갈래."

"왜? 같이 가자. 연휴도 긴데 나랑 안 놀아 줄 거야?"

"싫어. 난 그냥 집콕 하는 게 좋을 듯…."

민재는 유미의 팔을 잡고 같이 가자고 조르고 유미는 그런 민재의 모습이 재미있는지 웃으며 계속 싫다고 했다. 민재가 계속 같이 놀아 달라고 조르니 유미도 못 이기는 척 알겠다고 말하고 민재는 너무 좋아 웃으며 유미의 볼이 입을 맞췄다.

"김민재! 뭐야?"

"왜? 한 번 더 해줘?"

"지금 뭐 하는 거야~!"

유미는 그런 민재가 좋았다. 둘이 티격태격 장난 같은 애정을 주고받았다. 언제나 솔직한 민재를 보면 자신도 감정에 솔직하게 행동해도 될 것 같은 마음이 들었다.

비밀번호 누르는 소리가 났다. 민재가 집으로 들어왔다.

"이제 오니?"

"네, 다녀왔습니다."

"민재야, 잠시만 여기 앉아봐."

"왜요? 무슨 일 있으세요?"

민재와 민재의 엄마가 식탁 앞에 앉아있다. 민재의 엄마는 조금 전에 혜진의 엄마와 통화한 것 때문에 민재에게 이야기를 하려고 했다. 요즘 혜진이에게 무슨 일이 있는지 혜진이가 평소랑 매우 달라서 걱정하는 것 같다고 하면서 너희 둘이 워낙 친하다 보니 혜진에게 요즘 무슨 일이라도 있는 건 아닌지 혹시 아는 게 있지는 않은지 물어보려고 전화했었다고 민재에게 이야기를 했다. 민재는 크게 집중하지도 않고 깊이 생각하지도 않는 듯 별다른 일은 없었고 잘 모른다며 내일 연락해 보겠다고 말하고는 피곤하니 쉬겠다고 말했다.

방으로 들어온 민재는 낮에 유미와의 일을 상상하며 혼자 웃으며 즐거웠다. 혼자서 침대 위에 누워 히죽히죽 웃었다. 갑자기 민재의 방문이 열렸다.

"김민재!"

"어머니! 노크하셔야죠~!"

"노크했거든! 네가 못 들은 거거든!"

"왜요?"

"내일 혜진이 집에 데려와."

"왜요?"

"얼굴 못 본 지 오래도 됐고, 저녁이나 먹이게."

"…."

"왜 대답이 없어?"

"물어볼게요."

"물어보지 말고 꼭 데리고 와. 혜진이 엄마가 많이 걱정하더라. 알았지?"

"네~, 문은 원래대로 닫고 나가주세요~."

"알았다!"

민재는 문이 닫히자 다시 유미 생각에 웃음이 났다. 휴대전화를 꺼내 유미에게 메시지를 보냈다. 잘 들어갔는지, 지금 뭐 하는지,

방금 헤어졌는데 또 보고 싶다고 했다. 유미도 민재의 메시지에 자신의 마음에 용기를 내어보기로 했다.

둘은 각자 침대에 누워 서로에게 메시지를 주고받으며 서로를 생각했다. 함께했던 모든 순간에 행복했다.

칠

혜진이 강의실에 앉아있다. 유미가 다가가 차 한잔하자고 하는데 조금 쌀쌀하게 대했다. 유미는 조금 당황스럽지만, 혜진의 기분이 별로 좋지 않아서 그런 거로 생각하고 그냥 알겠다고 했다. 강의가 끝나고 유미는 책을 정리하고 있다. 혜진은 자신이 유미를 거슬리게 생각하는 게 화가 났다. 정말 이건 아니라고 생각하는데 마음이 마음대로 되지 않았다. 그런데 혜진의 전화벨이 울렸다. 민재다. 혜진의 얼굴이 갑자기 환해졌다.

"어~, 민재야."

"오늘 저녁에 바빠?"

"왜?"

"엄마가 오늘 너 집에 데려오래. 같이 저녁 먹자고. 불편하면 내가…."

"아니야, 좋아. 네가 우리 학교로 데리러 올래?"

"내가?"

"왜? 안 돼?"

"아니야. 갈게. 이따 봐."

혜진은 갑자기 기분이 좋아졌다. 고개를 돌려 유미가 앉아있던 자리를 보는데 유미는 이미 나가고 없었다. 기분이 좋아 밥이라도 같이 먹으려 했는데, 없었다. 대충 가방과 책을 챙겨 강의실 밖으로 나가니 앞에 걸어가는 유미가 보였다.

"유미야! 정유미!"

몇 번을 불러도 유미는 듣지 못한다. 혜진이 다가와 유미를 '툭' 친다.

"혜진아."

"귀에 이런 거 꼽고 다니니까 불러도 대답을 못 듣지."

"불렀어? 미안…."

"어디가?"

"도서관. 찾을 책이 있어서…. 근데 왜 불렀어?"

"아니, 그냥…. 도서관 잘 다녀와. 이따 강의실에서 보자!"

"싱겁기는~, 그래~."

혜진이는 유미에게 밥을 먹자고 하려다가 말하지 않았다. 평소 같았으면 도서관에 간다는 유미를 따라 함께 가든지, 아니면 놀러 가자고 하든지 할 텐데 그렇게 하지 않았다. 혼자 돌아서 걸어가면서 왜 말하지 않았는지 생각했다. 민재와 유미가 사귄다는 소리를 듣고서부터 혜진은 유미를 대하는 게 불편해지기 시작했다. 혜진은 자연스러운 일처럼 아무렇지 않게 무표정하게 돌아서 걸어갔다.

유미는 도서관에서 책을 찾고 있다. 이것저것 찾다 보니 책들이 가득했다. 많은 책을 들고 걸어가는데 누군가 책을 대신 들어주었다. 지수였다. 유미는 놀란 토끼 눈을 하고 지수는 눈짓을 보냈다.

지수가 눈짓을 보내는 곳을 바라보니 은수가 손을 흔들고 있다. 유미는 어이가 없다는 듯 웃었다. 책을 책상에 두고 앉았다.

“우리 학교엔 웬일이야?”

“우리 이 근처에 봉사활동 있어서 왔다가 너 혼자 밥도 안 먹고 있을 것 같아서 와 봤는데 역시 너는 이 손바닥 안에 있어!”

“뭐?”

“나가자! 답답하게 맨날 도서관이야. 밥 먹으러 가자!”

“나 이거 빨리 봐야 해. 이따 아르바이트 가려면 시간 없어.”

“그래도 밥은 먹고 살아야 할 거 아냐? 빨리~!”

유미가 움직이지 않자 은수가 유미의 가방과 책을 들고 지수가 유미를 들고 도서관을 나갔다. 유미는 사람들이 쳐다보는 게 부끄러워 소리도 지르지 못하고 지수 등만 두드렸다.

“너희들 뭐야!”

지수와 은수는 아무 말도 하지 않고 웃었다.

“자꾸 웃기만 할 거야? 나갈래. 빨리 내 가방 내놔.”

“은수야, 유미 화났어.”

“그러게.”

그러면서 둘이 계속 웃고 유미는 어이없어하는데 지수와 은수가 그러니 밥 먹으러 가자며 양쪽으로 유미의 손을 잡고 같이 가는 건지 끌고 가는 건지 알 수 없지만 갔다. 그러다 유미도 웃음이 터지고 셋이 웃음이 터졌다.

학교 근처 식당에 들어갔는데 혜진이 있다.

“혜진아, 점심 먹으러 왔어?”

"어…."

유미의 인사에 혜진은 약간 떨떠름했다.

"아까 너 도서관 간다고 해서…. 바쁜 것 같아서 나는 도서관 갈 일 없어서…."

"응, 점심 맛있게 먹어."

유미는 아무렇지 않게 혜진에게 인사하고 혜진은 씁쓸했다. 지수와 은수가 자리를 잡고 앉은 곳으로 유미도 가서 앉았다. 지수가 물과 수저 세트, 물티슈까지 세팅해주고 은수는 지수의 어깨를 툭툭 치면서 기특하다고 장난을 쳤다. 지수도 잘 받아주었다. 주문한 음식이 나오고 유미는 먹기 전 사진을 찍었다.

"우리 유미 또 영정사진 찍는다."

"무슨 사진?"

"영정사진. 음식 나오면 먹기 전에 꼭 사진 찍잖아."

"야~."

은수의 장난에 지수도 즐겁고 유미도 즐거웠다. 그렇게 셋은 즐겁게 음식을 먹고 있었다. 어느 정도 먹고 있는데 혜진이 다가왔다.

"유미야, 나 먼저 갈게."

"그래~, 나중에 봐~."

"그래, 너희들도 맛있게 먹어."

"그래. 잘 가."

혜진이 나가고 은수가 한마디 한다.

"쟤 왜 저래? 뭔가 이상해? 예전이랑 좀 다르다?"

"뭐가?"

"유미 너를 대하는 게 좀 뭔가 달라. 내 촉은 틀리지 않아. 뭔가 있어."

"아유~, 있긴 뭐가 있어. 밥이나 드세요~."

은수는 뭔가 있다는 눈빛으로 혜진이 나간 문 쪽을 계속 바라보고 유미는 은수의 입에 반찬을 넣으면서 음식이나 먹으라고 했다.

은수와 지수 그리고 유미. 셋이서 손에 음료를 하나씩 들고 유미의 학교 방향으로 걷고 있다.

"유미야, 너 다시 도서관 가?"

"응. 너희들 때문에 못 본 책 빨리 보고 편의점 아르바이트 가야지."

"암튼, 유미 너는 진짜 부지런해."

"내가 무슨. 지난번에 아파서 입원했을 때 사장님이 편의도 봐주시고 그랬는데 열심히 해야지."

"하긴, 너 아르바이트하는데 사장님 진짜 고맙긴 해. 참 착한 어른이야."

"뭐? 암튼…. 같이 밥 먹어줘서 고맙고, 조심해서 가구 나중에 봐. 나 먼저 간다."

유미는 먼저 도서관으로 가고 은수와 지수는 티격태격 장난하면서 갔다. 도서관으로 간 유미는 책을 보고 정리하느라 정신이 없었다. 민재가 메시지를 보낸 것도 확인하지 못했다.

시간을 확인하려고 휴대전화를 들었는데 메시지가 와 있다. 지금 유미의 학교라며 잠깐 얼굴 보자는 것이었다. 메시지가 1시간이나 지났지만, 혹시나 해서 답문을 보냈는데 전화가 왔다.

"어~."
"목소리가 왜 그래?"
"도서관이야."
"알겠어."
갑자기 통화가 종료되었다. 유미는 휴대전화를 한 번 보고 고개를 갸우뚱하더니 다시 책을 봤다. 한참 책을 보고 있는데 뭔가 '스윽' 하고 다가왔다. 유미가 고개를 들었는데 민재의 얼굴이 코앞에 있다.
"깜짝이야. 뭐야?"
"놀랐어? 나가자!"

유미는 당황하고 민재는 유미의 짐을 챙겼다. 그리고는 유미의 손을 잡고 도서관 밖으로 유미를 데리고 나갔다.
"어떻게 된 거야?"
"아, 어머니가 혜진이 집에 데리고 오라고 하셔서 혜진이랑 집에 같이 가려고 온 김에 우리 유미 얼굴 보고 가려고 왔지~."
"너희 집에 간다고? 어머니가 불렀다고?"
"응."
유미의 표정이 별로 좋지 않다.
"왜 그래? 혜진이 집에 데리고 가서 신경 쓰여?"
"그런 거 아니야. 내 가방 이리 줘."
"신경 쓰는 거 맞네~, 신경 쓰지 마! 워낙 어릴 때부터 가족처럼 지내서 그런 거야~."

"누가 뭐래?"

"진짜야!"

"알았다고. 난 신경 안 써도 돼!"

그렇게 둘이 이야기하고 있는데 저 멀리서 혜진이 다가오며 민재를 불렀다. 유미는 표정도 마음도 좋지 않았다. 어릴 때부터 친한 친구라고는 하지만 어머니가 데리고 오라고 할 정도면 얼마나 가까울지 유미는 혼자 생각하며 왠지 모를 소외감을 느꼈다. 혜진은 웃으며 민재에게 팔짱을 꼈다.

"민재야! 어? 유미도 있었네?"

"어…. 안녕…."

민재는 혜진의 팔을 빼려고 하지만 혜진은 그럴수록 민재의 팔을 꽉 잡았다.

"민재야, 어머님 댁에 가기 전에 어머님 좋아하시는 과일 사 가자!"

"괜찮아. 그냥 가도 돼."

"어떻게 그렇게 해. 어머님께서 초대해 주셨는데 우리가 보통 사이도 아니고 그건 나를 초대해 주신 어머님에 대한 예의가 아니지."

혜진의 보통 사이 아니라는 말이 신경 쓰이지만, 민재는 혜진에게 뭐라고 할 수도 없고 그저 어쩔 줄을 몰라 했다. 그저 이 상황이 난처하고 유미에게 미안한 마음이 들 뿐이었다. 유미 또한 지금 이 상황과 자리가 불편하긴 마찬가지였다. 그래서 아무렇지 않은 척 밝게 웃을 수가 없었다. 혜진은 어깨가 으쓱한 듯, 한 표정을 지었다.

"얘들아, 난 아르바이트 가야 해서 먼저 갈게."
"그럴래? 나중에 보자. 우리는 집에 가야 해서."
"우리…, 그래…."
"유미야!"
"나중에 봐."
민재가 부르지만, 유미는 뒤도 돌아보지 않고 가 버렸다. 혜진은 민재에게 가자며 민재의 팔짱을 끼고 민재를 잡아당기고 민재는 그저 혜진을 따라 걸어갔다. 걸어가며 뒤를 돌아보았지만, 유미는 앞만 보며 걸어갔다.
"민재야, 과일 뭐 사 갈까?"
"그냥 너 좋아하는 거 사. 어머니 아무거나 다 드셔."
"정말?"
"어, 정말."

유미가 뒤를 돌아보았을 땐 민재와 혜진이 웃으며 이야기를 나누고 있었다. 유미는 왠지 모를 소외감과 슬픔을 느꼈다. 분명 민재의 여자친구는 자신인데 혜진과 더 잘 어울리는 듯 보이는 민재와 둘의 다정한 모습에 자신은 한없이 초라하다고 느꼈다. 그리고 이내 뒤를 돌아 걸어갔다. 다시 민재가 뒤를 돌아보았을 땐 유미는 이미 시야에서 사라진 뒤였다.
"어머니~."
"어~, 혜진이 왔구나. 잘 왔어. 배고프지? 얼른 손 씻고 와."

"네, 제가 뭐 도와드릴 건 없어요?"

"없어. 그냥 맛있게 먹어주면 돼."

"감사합니다."

혜진은 화장실로 가고 민재는 자신의 방으로 들어갔다. 민재의 엄마가 민재의 방문에 노크했다. 방 안에 있는 민재는 옷 갈아입고 나간다고 하지만 민재는 옷을 갈아입지 않았다. 조금 전의 유미와의 헤어짐이 자꾸만 마음에 걸렸다. 유미에게 전화를 하려고 휴대전화를 꺼내는데 이번엔 혜진이 노크를 했다.

"민재야, 아직이야?"

"지금 나가."

꺼냈던 전화를 책상 위에 두고 거실로 나간다.

"아들, 옷 갈아입는다고 하지 않았어?"

"아, 그랬는데 이따 혜진이 데려다줘야 하니까 다녀와서 갈아입으려고요."

"그래, 아무튼 앉아라."

"네."

혜진의 목소리가 밝다.

"어머니, 아버지는요?"

"갑자기 일이 생기셨다고 늦는다는구나. 그래서 내가 반가운 손님을 초대했지. 올 때가 됐는데…."

"누구…."

그때 초인종이 울렸다. 민재의 엄마가 반가워하며 문을 열어주는데 혜진의 엄마였다. 혜진은 갑자기 온 엄마를 보고 놀랐다.

"엄마…."
"왜 놀라? 못 볼 거라도 봤니?"
"아니, 좀 놀라서…."

민재의 엄마는 혜진의 엄마와도 친하니 민재는 놀라지도 않았다. 그저 일어서서 인사를 할 뿐이고, 혜진의 엄마는 약간 오버하며 민재에게 인사를 했다. 민재를 대하는 모습이 혜진이나 혜진의 엄마나 비슷했다. 모두 웃으며 식사를 했다. 서로 이것저것 먹어보라고 권유하며 즐거웠다. 그런데 민재 혼자만 잘 먹지 못했다.
"민재야, 왜 맛이 없어? 절 먹지 못하네?"
"아니에요. 맛있어요. 다들 재밌게 이야기 나누셔서 이야기 듣느라고요."
"우리가 좀 재미있긴 하지?"
"맞아, 맞아."
밥을 다 먹고 다과와 차를 마시는데 민재의 엄마가 갑자기 혜진에게 남자친구 있냐고 물어보고 혜진은 살짝 당황한 듯 없다고 말했다. 민재는 혜진에게 스스럼없이 대하며 이것저것 물어보는 엄마의 모습이 싫었다.
"어머니, 별걸 다 물어보십니다."
"얘는, 물어보면 안 되니?"
"어머니, 괜찮아요."
"그렇지? 괜찮지? 얘가 좀 이런다. 완전 애 늙은이야."
"언니~."
그러면서 차를 마시려고 입에 가까이 댄 그 순간 민재의 엄마가 민재의 어깨를 툭 치면서 한마디 했다.
"너희 둘 언제까지 친구 할 거야? 난 혜진이 우리 민재 여자 친구로 찬성이야."

민재는 입에 댄 차를 뿜고 말았다. 민재 엄마와 혜진이 엄마는 당황하는 민재가 재미있고, 혜진은 민재가 놀라는 이유를 알고 있다.
"혜진아, 넌 우리 민재 남자로 별로니?"
"네?"
"별로구나. 하긴 남자로 안 보일 수도 있지. 워낙 어릴 때부터…."
"아니에요. 남자로 안 보이지 않아요. 민재 좋은 남자 맞아요."
혜진의 이야기에 민재는 살짝 당황했다. 혜진의 엄마도 민재의 엄마도 혜진과 맞장구를 치며 민재를 중간에 두고 웃고 떠들었다. 혜진의 엄마가 혜진에게 민재 엄마와 오랜만에 만나서 수다나 더 떨어야겠다며 먼저 집에 가라고 하고 민재 엄마는 민재에게 혜진을 집에 데려다주라고 했다. 혜진은 아니라며 혼자 갈 수 있다며 거절하는데 민재 엄마의 호들갑에 민재가 아니라며 데려다준다고 했다.

어두운 밤 민재와 혜진이 걷고 있다.
"혜진아, 너도 알다시피 나는…."
"알아, 유미와 사귄다고 말하려는 거잖아."
"…."
"그럼, 엄마랑 어머님이랑 그렇게 이야기하시는데 '싫어요. 민재는 남자도 아니고요. 남자로 보이지도 않고요. 둘이 홀딱 벗고 샤워해도 아무 느낌도 없어요.' 하고 뭐 그렇게 얘기하냐?"

"아니, 나는…. 야, 박혜진!"

"뭐?"

"근데 너 내가 그렇게 별로냐? 뭐? 나랑 홀딱 벗고 샤워해도 아무 느낌이 없어? 그럼 같이 샤워해볼까?"

"뭐라니? 너 변태냐? 저질~."

"뭐 변태? 누가 먼저 시작했는데? 박혜진! 너 이리 안 와?"

"싫은데~."

둘은 조금 전 서먹했던 모습은 온데간데없고 다정한 친구인 듯 연인인 듯 장난치며 웃고 떠들고 즐거워하고 있다. 그러다 혜진이 갑자기 멈췄다.

"박혜진! 너 잡았다. 어디 같이 샤워해보자고!"

그 순간 민재와 유미가 눈이 마주쳤다. 유미는 아무 말도 없이 둘만 쳐다보았다. 혜진이 어색하게 유미에게 인사를 했다. 민재가 유미에게 빠른 걸음으로 걸어갔다.

"유미야, 어쩐 일이야?"

"아니…. 나는 아까 너랑 그렇게 헤어진 게 마음에 걸려서…. 내가 방해했나 보다. 미안…. 나갈게. 나중에 보자."

유미가 몸을 돌리는데 혜진이 불렀다.

"유미야."

"오해하지 마. 그냥 장난한 거야. 내가 미안해."

"그냥 장난한 거라며? 근데 네가 왜 미안한데?"

"네가 오해하는 것 같아서…."

"오해? 오해 안 해. 너희 둘 원래 친하잖아."

"유미야, 내가 다 설명할게."

"민재야, 나 진짜 오해 안 해. 너 믿어. 걱정하지 마. 나 다시 들어가 봐야 해. 오늘 다른 아르바이트 언니가 아프다고 해서 내가 대신해주기로 했거든. 나중에 연락할게. 혜진아, 나중에 보자."

유미는 그렇게 다시 가 버렸다. 민재는 혜진에게 미안하다고 이제 혼자 가라고 말하고 유미를 따라갔다. 자신을 두고 유미를 따라가는 민재를 보면서 혜진은 비로소 깨달았다. 자신이 민재를 좋아하고 있음을…. 친구가 아닌 그 이상의 감정이 있음을….

민재는 걸어가는 유미를 붙잡았다.

"유미야, 가지 마! 내 얘기 듣고 가!"

"민재야, 나 오해 안 해. 아무렇지도 않아. 그러니까 이 손 놔줘."

"왜 아무렇지도 않아? 너 지금 나한테 화나잖아. 아니야?"

"아니야. 화 안 나. 진짜 나는 괜찮아."

유미는 민재의 손을 뿌리쳤다. 민재는 다시 유미의 손을 잡았다. 유미는 민재에게 뒷모습만 보였다. 민재가 얼굴 좀 보여 달라고 해도 고개를 들지 않았다. 괜찮다고 놔 달라는 말 만 반복할 뿐이었다. 민재는 그 상태 그대로 유미를 안았다.

"유미야, 미안해. 내가 다 잘못했어. 네가 힘든 거 싫은데 내가 널 힘들게 했어. 용서해줘."

"…."

"내가 나쁜 놈이야. 미안해. 너 화 풀릴 때까지 나 때려. 그리고 나 용서해줘. 응? 유미야~."

유미가 몸을 돌려 민재를 바라보았다. 유미가 붉어진 눈시울로 민재를 바라보았다.

"난 네가 다른 여자를 보고 크게 웃어주는 거 싫어. 난 네가 다른 여자에게 다정한 것도 싫어. 난 네가…."

"미안해."

그리고 민재는 유미를 꼭 안아주었다. 다시는 그럴 일 없을 거라고 말했다. 그게 아무리 친한 친구 사이라 해도 절대 다른 여자를 보고 웃지도 않고 말도 하지 않고 모른척하겠다고 했다. 그 말에 유미는 누가 언제 모른척하라고 했냐면서 투정을 부리고 민재는 그런 유미에게 사랑한다고 말하고 입을 맞췄다. 민재의 입맞춤에 사랑한다는 말 한마디에 유미의 서운한 마음도 봄눈 녹듯 녹아내리는 것 같았다.

민재는 유미의 손을 잡고 유미가 일하는 편의점까지 데려다주었다.

"김민재! 너 다시는 그러지 마!"

"알았어~."

"내가 진짜 얼마나 슬펐는지 알아? 그렇게 가고 전화도, 문자도 없고 정말 내가…."

유미가 자신을 많이 사랑하고 있음을 느낀 민재는 유미의 팔을 당겨 걸음을 멈추고 유미에게 짧은 키스를 했다. 그리고 둘은 서로 마주 보았다. 두 시선에 담긴 사랑이 그대로 느껴졌다. 서로를 원하고 있다는 것을…. 그리고 누가 먼저랄 것도 없이 서로의 마음을 확인하듯 키스를 했다.

경민과 지은이 함께 곡을 맞춰보고 있다. 늘 꼬봉이고 장난기 많던 경민도, 목소리 크게 떠들어대던 지은도 이 시간만큼은 전혀 다른 사람 같이 느껴졌다. 둘은 악기와 함께 있을 때 호흡이 가장 잘 맞았다. 경민은 지은과 함께 연주하는 것이 행복하고, 지은도 이상하게 경민과 함께 연주할 때는 연주가 더 잘 되는 것 같았다. 둘이 연주 연습이 끝나고 마음이 흡족했는지 하이파이브를 했다.

"역시, 우리는 연주 합이 잘 맞아!"

"맞아. 너 실력 더 늘었더라? 나 몰래 연습하냐?"

"그래! 너한테 지기 싫어서 매일 밤 몰래 연습한다."

"너희 둘은 또 싸우니? 연습할 때 말고 평소에도 좀 친하게 지내~."

"저희 싸우는 거 아니거든요."

교수님의 농담 섞인 말에 지은과 경민이 발끈했다. 그 모습을 보고 교수는 발끈하는 모습도 닮았다며 둘이 사귀라고 웃으며 말하고 나가버렸다.

"참 나! 미쳤어요?"

"야! 강지은! 뭐 미쳐? 나랑 사귀는 게 미친 거냐? 그럼 이 미친 놈은 먼저 간다."

"삐졌냐? 교수님이 너무 어처구니없게 말을 하니까 그렇지."

"됐어!"

"야~, 뭘 또 삐지고 그러냐? 농담이야 농담! 밥 먹으러 가자! 내가 맛있는 점심 쏠게!"

"나랑 밥 먹고 미치지 말고 혼자 많이 드세요."

지은은 경민의 어깨에 손을 올려 헤드록을 걸듯 감싸고는 가자고 조른다. 경민은 못 이기는 척 지은을 본다.

"정 그렇다면 뭐. 같이 먹어주지 뭐."

"네네, 감사하네요~."

둘은 웃으며 함께 티격태격 걸어갔다. 누군가 경민을 부르는 소리가 들렸다.

"오랜만이다."

"어~, 반갑다. 너 휴학했다면서? 갑자기 왜?"

"나 다음 달에 군대 간다~. 그런데 여기 예쁘신 여성분은…. 여친?"

"안녕하세요. 저 경민이 친구예요. 여친 아니고 그냥 친구. 일명, 여사친!"

"반가워요. 진짜 예쁘시네요. 제 스타일입니다."

"야~! 너 뭐하냐? 지은아, 미안하다."

"괜찮아~. 예쁘다는 말 듣기 좋습니다. 감사합니다."

경민의 친구는 나중에 연락하자고 말하고 지은에게도 다음에 다시 만나자며 웃으며 인사를 하고 헤어졌다. 경민은 갑자기 나타나 짓궂게 군 친구 때문에 지은에게 조금 미안했다. 하지만 지은은 아무렇지 않게 대했다.

"너도 군대 가겠지?"

"그렇지~."

"그럼 난 누구랑 놀아? 군대로 놀러 갈까?"
"뭐~? 군대가 무슨 놀이터냐?"
둘은 웃으며 이야기하며 걸어간다.

민재는 카페에 앉아 커피 한 잔을 시켜놓고 이것저것 검색하기에 바빴다. 이제 얼마 안 남은 추석에 유미와 여행을 갈 준비를 하느라 바빴다. 한참 이것저것 검색은 하는데 뭘 어떻게 해야 할지 알 수가 없었다. 그때 은수가 민재 앞자리에 앉았다.
"민재야, 안녕? 왜 불렀어?"
"어, 왔어? 며칠 뒤에 유미랑 여행 가려고 하는데 뭘 어떻게 준비해야 할지 모르겠어. 은수 너는 유미랑 친하니까 도움 좀 받으려고…. 근데 지수는?"
"화장실 다녀온대. 어디로 갈지는 정했어?"
"일단 바다 쪽으로 가볼까 하는데…. 유미가 좋아할까?"
"유미 바다 엄청나게 좋아하지."
은수의 이야기를 들으니 결정된 것도 없는데 마음이 편안하면서 뭔가 잘 될 것 같이 기분이 좋았다. 둘이 이야기를 하는 사이 지수가 왔다.

"왔어?"
"왜 불렀냐?"
"지수야, 여기 앉아."
은수는 지수에게 자신의 옆자리를 비켜주었다. 지수는 웃으며 은수 옆으로 앉고 민재는 은수에게 하던 이야기를 마저 하고 은수는 유미가 좋아하는 것들을 이야기해주었다. 민재는 은수와 지수의 도움과 응원을 받으며 유미와의 여행을 준비했다.

유미의 동아리방

유미는 동아리 친구들과 독서토론을 하고 있다. 유미는 책 이야기를 할 때 얼굴에 활기가 넘쳤다. 친구들과 서로 읽은 책들에 대해 자기 생각과 느낀 감정을 공유하기도 하고 친구들과 함께 웃고 있다. 그때 동아리 방으로 누군가 들어왔다. 유미의 같은 과 친구 중 한 명이었다.

"유미야! 누가 너 우리 과 앞으로 찾아왔어!"

"나? 누가?"

"몰라. 남자야. 근데 엄청나게 잘생겼던데~?"

유미는 민재임을 직감했다. 동아리 방 친구들은 누구냐며 유미를 쳐다보고 유미는 웃기만 하고 먼저가 봐야 할 것 같다면서 먼저 일어서고 친구들은 환호하며 웃었다. 유미는 동아리 방으로 찾아온 친구와 함께 나가고 친구는 누구냐며 묻고 유미는 그저 웃었다. 저 앞에 유미를 기다리는 사람이 있다. 역시 민재다. 유미와 같은 과 친구는 너를 기다리는 사람이라며 도대체 누구냐고 묻고 유미는 남자친구라고 이야기했다. 친구는 부럽다고, 잘 생겼다고 호들갑을 떨었다.

"안녕하세요. 저는 유미랑 같은 국문과 친구 장한나라고 해요. 반가워요."

"네. 반가워요. 저는 유미 남자친구 김민재라고 합니다."

"정말 잘 생기셨어요~."

"한나야, 그만해~. 민재야, 어쩐 일이야?"

민재는 유미에게 같이 갈 곳이 있다고 이야기하고 유미는 어리둥절했다. 한나는 유미에게 먼저 간다고 하고 민재에게도 인사를 하고 갔다. 유미는 민재에게 어디 가는지 물었고, 민재는 일단 학교를 나가자고 했다. 유미는 어리둥절 하지만 둘은 웃으며 손을 잡고 함께 갔다. 조금 걸은 후 도착한 곳에 자동차가 세워져 있었고, 민재는 자동차 앞에서 멈춰 섰다.

"왜 여기서 멈춰? 누구 차야?"

"아버지께 빌렸지. 추석 동안은 아버지께서 자동차를 사용할 일이 딱히 없으시다 하시고 필요하시면 어머니 차도 있으니까 너랑 같이 놀러 가려고."

"뭐? 나랑 놀러 가려고 아버지께 차를 빌려? 아버지께서 나 미워하시는 거 아냐?"

"우리 아버지 그러지 않으셔. 너 만나는 거 어머니께는 말씀 안 드렸는데 아버지는 아셔. 어머니께는 말하면 누구냐. 데려와라. 분명 유난을 떠실 테니까…."

"민재야!"

"응?"

"다 설명 안 해도 돼!"

민재는 늘 자신을 배려해주는 유미가 좋았다. 유미도 자신을 챙겨주는 민재에게 사랑을 느꼈다. 민재는 장난하듯 문을 열어주었다. 유미도 민재의 장난스러운 행동을 받아주며 자동차에 탔다.

둘은 자동차에 타서 출발하면서 함께 웃고 떠들며 즐거웠다. 민재는 유미에게 뒷좌석에 가방을 열어 달라 했고, 유미는 가방을 꺼냈다. 그 안에는 민재가 유미를 위해 미리 준비해 온 간식이 들어 있었고, 유미는 감동했다. 둘은 웃으며 함께 간식을 먹으며 여행을 떠났다. 유미는 운전하는 민재에게 간식을 먹여주고 둘은 행복해했다.

"우리 음악 들을까?"

"음악? 좋지~."

민재가 음악을 틀고 「여행을 떠나요」 노래가 나왔다. 유미는 이게 무슨 노래냐며 웃고 민재는 여행가니까 맞춰서 신나는 음악을 들어야 한다며 노래를 따라 부르며 신나게 몸을 들썩였고, 유미도 민재를 보면서 웃고 둘은 신나게 들썩이며 웃고 떠들었다.

민재의 엄마와 아빠가 식탁에 앉아 이야기를 나누고 있다.

"당신, 민재한테 차 빌려줬어?"

"응, 친구랑 여행 간다고 해서 빌려줬지. 여행 가는데, 대중교통 불편하잖아."

"도대체 누구랑 가길래? 민재 여자친구 생겼어? 당신은 뭐 알고 있지?"

"다 큰 아들 뭐가 그리 궁금하신가? 민재가 알아서 잘하겠지…."

"뭐야! 남자들끼리 나 따돌리는 거야? 서운해~!"

"아이고, 서운할 것도 많으십니다. 당신은 나랑 놀아요~."

민재의 아버지는 다 알고 있지만, 민재가 스스로 어머니에게 이야기할 때까지 모른 척해달라고 해서 말을 하지 않았다. 민재의 엄마는 자신만 뭔가 모른다고 생각하지만, 남편의 다정함에 웃으며 남편의 애교를 받아주었다.

민재와 유미는 바닷가에 도착했다. 바람이 살랑 불어오는 가을 바다는 두 사람의 마음처럼 아름다웠다. 함께 손잡고 바닷길을 걷고 있다. 함께 있다는 그것만으로도 그저 행복했다. 바닷가를 보며 두 사람이 나란히 앉아있다. 밀려드는 파도를 바라보며 유미는 자연스럽게 민재의 어깨에 기댔다.

"민재야, 고마워. 진짜 바다가 보고 싶었는데 어떻게 내 마음을 딱 맞췄네."

"네가 좋아하니까 기분 좋다. 우리 사진 찍을까?"

"그래."

둘은 함께 셀카를 찍었다. 사진 속 두 사람은 세상 누구보다 행복해 보였다. 민재가 주머니에서 뭔가를 꺼냈다.

"이게 뭐야?"

"내 마음?"

"뭐?"

유미는 웃으며 열어봤다. 목걸이다. 별 목걸이기는 한데 조금 특이해 보였다.

"이게 뭐야?"

"별, 이 별은 너야."

"나? 무슨 별이길래 나야?"

"북극성!"

"북극성?"

"북극성 알지? 북극성은 별자리 작은곰자리에서 가장 빛나는 별이잖아. 너처럼…."

"뭐야~, 이 닭살은?"

"내가 채워 줄게."

민재는 유미 손에 들린 목걸이를 꺼내 들고 유미의 목에 걸어주었다. 그리고 속삭였다.

"사랑해. 널 만난 건 축복이야."

"왜 그래?"

"좀 진지할 수 없을까?"

"미안."

"그럼, 다시~. 사랑해~."

"나도 사랑해."

둘은 서로의 눈을 바라보며 사랑의 감정을 느꼈다. 그리고 사랑을 담은 키스를 했다. 바닷물에 붉게 물든 노을이 비치고 가을 바다는 둘의 사랑을 축복하는 듯 더할 나위 없이 아름답게 일렁였다.

바닷가가 보이는 횟집

민재와 유미는 마주 보고 앉아있다. 그런데 갑자기 민재가 유미의 옆자리로 자리를 옮겼다.

"뭐야? 왜 자리를 옮겨? 네 자기로 가!"

"내 자리는 여기잖아. 네 옆자리."

"너 왜 이래? 원래 이랬어? 진짜 능글맞고 느끼해. 예전엔 안 그랬던 것 같은데…."

유미의 말에는 아랑곳하지 않고 민재는 쌈을 유미에게 먹이며 먹으라고 하고 유미는 입을 막는 거냐며 웃고 둘은 즐겁게 식사했다. 함 참 밥을 먹고 있는데 유미에게 전화가 왔다. 엄마였다. 살짝 고민하던 유미는 전화를 받았다.

"네, 엄마."

"통화 가능하니?"

"네. 어쩐 일이세요?"

"밥은 잘 먹고 다니는지 걱정돼서 전화해 봤지."

"전 잘 있어요. 제 걱정하지 마시고 엄마 건강 잘 챙기세요. 너무 무리하지 마시고요. 나중에 집에 갈게요."

유미는 엄마와 통화하고 난 후 기분이 조금 가라앉았다. 민재가 왜 그러냐고 물어도 유미는 아무것도 아니라고만 했다.

"내가 네 남친인데 무슨 일이야? 해결은 못 해줘도 들어줄 수는 있어. 말을 하고 나면 조금 편안해지잖아."

"결국 다 나 때문이니까 엄마랑 통화하고 나면 마음이 편하지 않아."

"왜, 엄마랑 싸웠어?"

"아니~, 엄마랑 싸울 수가 없지. 엄마는 나한테 화를 안 내시니까…."

"그럼 왜?"

"아빠가 잘못된 게 결국 나를 살리시려다 그렇게 된 거고, 엄마는 아빠 없는 세상에서 살아야 하니까, 엄마를 보는 게 마음 아프고, 그래서 아빠가 없는, 엄마 혼자 있는 집에 내려가는 게 쉽지는 않네."

민재는 알고 있다. 은수를 통해 전해 들었다. 그래서 자신도 마음이 아팠다. 그 문자 메시지 때문에 모든 것들이 틀어졌으니….

민재가 유미를 다독였다. 그러면서 유미에게 지금 어머니에게 가자고 했다. 유미는 토끼 눈을 하며 말도 안 되는 소리라고 하지만 민재는 혼자 가는 것보다 함께 가면 마음이 조금은 편안해지지 않겠냐고 하고 유미는 아니라고 했다. 하지만 민재는 포기하지 않고 같이 가자고 했다. 이참에 어머니께 인사도 드리면 좋은 일 아니냐며 능청스럽게 말했다. 유미는 무슨 인사냐며 싫다고 하지만 차는 결국 유미의 엄마가 계시는 집을 향하고 있다. 저 멀리 유미의 집이 있다. 집이 가까워질수록 유미가 초조해했다.

"진짜 가기 싫은데…. 그것도 하필 너랑 같이 가서…."

"나랑 가는 게 뭐? 너 내가 창피해?"

"그런 게 아니라…. 사실 좀 그렇잖아. 학생이 공부는 안 하고 무슨…."

"무슨 뭐? 너 솔직히 말해봐. 너, 나 창피하지?"

"그런 거 아니야!"

"그럼 뭐?"

"몰라~."

차에서 민재와 유미가 내렸다. 때마침 대문을 열고 엄마가 쓰레기를 들고나왔다. 유미는 달려가 엄마에게서 쓰레기를 받아들고 엄마는 갑자기 어쩐 일이냐며 놀랐다. 민재는 다가가 유미 엄마에게 인사를 했다. 반갑게 맞아주며 유미에게 누구냐 묻고 유미는 남자친구라고 조심스럽게 이야기를 했고, 엄마는 유미에게 이제 다 컸다면서 웃고 들어가자고 했다. 엄마는 유미와 민재에게 차와 과일을 내어주었다.

"어떻게 갑자기 온 거야?"

"그냥…."

"우리 유미 친구도 안녕?"

"안녕하세요. 이렇게 불쑥 찾아와서 죄송합니다."

"아니야. 유미가 남자친구를 데리고 온 게 처음이라 신기해서 그래요. 이렇게 만나서 반가워요."

"말씀 놓으세요."

"둘이 지금 나를 중간에 두고 뭐 하는 거야?"

셋은 화기애애하게 웃고 떠들고 즐겁다.

민재가 유미 엄마에게 인사를 하고 있다. 다음에 또 놀러 오라고 그때는 맛있는 음식을 해주겠다며 즐겁게 이야기를 하고 있다. 유미도 싫지만은 않았다. 언제나 자신을 먼저 생각해주고 챙겨주는 민재의 세심한 모습이 좋았다. 지금 느끼는 이 감정들이 변하지 않기를 바랄 뿐이었다. 유미와 민재가 산책하고 있다. 둘이 잡은 두 손이 한없이 사랑스러워 보였다.

"집에 오길 잘했어. 너랑 같이 오니까 조금은 편안한 것 같아. 늘 엄마를 보는 게 죄스러웠거든."

"그것 봐. 내 말 듣길 잘했지?"

"그래~! 잘했어. 고마워."

"말로만?"

민재의 말에 유미는 입을 맞추려는 듯 눈을 감고 민재는 자신이 언제 키스해달라고 했냐면서 유미를 놀렸다.

"뭐야~, 은근 밝히네~."

"뭐?"

"음란 유미~, 우리 유미, 음란 유미~."

그렇게 놀리며 도망가는 민재를 유미가 잡으려 하고 둘은 별거 아닌 일들에 행복함을 느꼈다. 함께 바라보는 밤하늘은 한없이 아름답고 귓가에 들리는 풀벌레 소리는 마치 둘을 위해 연주하는 소리 같았다. 둘이 그렇게 걷고 있는데 예전에 유미가 다니던 교회에 불이 켜져 있다. 유미가 예전 생각이 난다면서 가보자고 이야기를 하고 둘은 교회 안으로 들어갔다. 교회는 예전과 많이 달라졌다. 시골이라 해도 시간이 지나니 많은 것들이 변했다. 잠시 앉아있는데 누군가 들어오는 소리가 들려 일어섰는데 목사님이었다.

"유미야, 오랜만이구나!"

"안녕하세요."

"방학이라 집에 왔구나~."

"네, 잠깐 내려왔어요. 내일 다시 올라가요."

"안녕하세요. 저는 유미 친구입니다."

"그래요. 반가워요."

"저기 드럼 연주해도 괜찮을까요?"

"그래요, 얼마든지요."

"감사합니다."

민재는 은수에게 들은 정보대로 유미에게 드럼 연주를 들려줄 생각이었다. 드럼 앞에 앉은 민재는 조금 다른 모습이었고, 그 모습을 지켜보는 유미 또한 긴장 반 설렘 반의 감정을 느꼈다. 그런 긴장감 속에 민재의 연주가 시작되고 유미는 민재의 연주를 보며 예전 민재의 연주를 생각하며 미소를 지었다.

민재 역시 자신의 연주를 들으며 행복해하는 유미를 보며 미소를 보였고, 둘은 그렇게 서로에게 한 걸음 더 가까이 다가가고 있었다.

팔

유미는 들뜬 얼굴로 강의실로 향하고 먼저 와 있는 혜진을 보고 반갑게 인사를 했다. 하지만 혜진이 무슨 안 좋은 일이라도 있는지 퉁명스럽게 인사를 받고 유미는 불편함을 느끼긴 했지만 무슨 좋지 않은 일이 있다고 생각하고 그냥 넘겼다. 그렇게 강의가 끝나고 유미가 혜진을 부르며 뒤를 돌아보았는데 혜진은 이미 자리에 없었다. 혜진 옆에 앉았던 한나에게 물어보니 강의가 끝나기도 전에 서둘러 나갔다는 것이었다. 유미는 혜진에게 무슨 좋지 않은 일이 생긴 건 아닌지 걱정돼 민재에게 연락을 했다.

"유미야~, 웬일이야? 먼저 전화를 다 주시고?"

"어, 다른 게 아니고 뭐 물어볼 게 있어서…."

"뭘까? 우리 유미가 나에게 물어보고 싶은 게?"

"혜진이 요즘 무슨 일 있어?"

"아니~, 별일 없을 걸?"

"없는 거야? 모르는 거야?"

"나도 못 만난 지 며칠 된 것 같은데? 왜 무슨 일 있대?"

"아니야~, 나중에 통화해."

유미는 민재와 전화를 끊고, 불편하지만 지은에게 전화를 걸었다. 지은은 혜진과 친하니 뭔가 알고 있을지도 모른다는 생각 때문이었다. 하지만 유미는 지은에게 전화하지 말았어야 했다. 퉁명스러워진 친구의 표정과 차가워진 공기가 불편해 시키지도 않은 의리라고 생각한 일을 시작하고야 말았다.

"여보세요? 지은이니? 나 유미야."

"네가 웬일이야? 오늘은 해가 서쪽에서 떴나? 네가 나한테 전화를 다 하고?"

"그러게…. 내가 너한테 전화를 할 일이 생겼네…. 혹시 혜진이한테 무슨 일 있어? 요즘 얼굴이 좀 안 좋아 보였는데 오늘은 더 안 좋아 보여서…. 걱정이 돼서…."

"걱정? 네가? 혜진이를? 갑자기? 왜?"

"갑자기라니…, 그야…, 난…, 혜진이 친구니까…."

"친구 같은 소리 하네. 넌 혜진이 친구 자격 없어. 혜진에 대해 아무것도 모르면서 친구라고 위선 떨지 마!"

"무슨 소리야? 자세히 좀 얘기해 봐. 아니, 우리 만나서 얘기하자! 지금 어디야? 내가 너 있는 곳으로 갈게."

"아니, 나 지금 서울 아니라서 만날 수가 없네. 다음에…, 지금은 바빠서 이만 끊어야 할 것 같다."

"그래? 암튼 고마워. 바쁜데 미안. 서울 오면 연락해 줘. 기다릴게."

지은은 전화를 끊고 연신 유미의 욕을 했다. 이기적이라고 자기

밖에 모르고 착한 척한다고 폭포처럼 유미의 험담을 늘어놓았다. 그런데 그런 지은 앞에 앉아있는 사람이 다름 아닌 혜진이었다. 지은은 서울에 있었다. 그것도 혜진과 함께….

혜진은 뭔가 달라져 있었다. 예전 유미를 절친이라 생각하며 따뜻한 얼굴로 바라보던 그런 얼굴이 아니었다. 어딘가 모르게 변했다.

"유미는 정말 가식적이야. 전화 끊으면서 뭐라는 줄 알아? 미안하대. 고맙대. 뭐가 미안하고 고마운 건지 모르겠네. 그렇게 미안하면 처음부터 남의 남자 건들지 말았어야지. 예전이나 지금이나 그년은 변한 게 없어."

"내가 바보지 뭐. 내가 소개했으니까…."

"넌 그 착한 게 문제야. 그럼 민재 만났을 때 아는 사이라고 왜 너한테 고백을 못 해? 유미는 처음부터 너에게 말을 할 생각이 없었던 거야. 그러니까 처음부터 말을 하지 않은 걔가 더 나빠."

"모르겠어. 이제 나 어떡하지? 민재도 예전처럼 대할 수 없고 유미도 예전처럼 대할 자신이 없어. 근데, 더 화가 나는 건 이런 상황에서도 민재가 좋고, 보고 싶고 민재를 포기하지 못하겠다는 거야. 나 어떡해? 나 정말 미쳤나 봐."

혜진은 지은에게 자신의 진심을 다 말하고 있었다. 지은이 다혈질적인 성격인 걸 잘 알기에 자신의 이야기가 유미에게 들어가길 바라는 마음도 있다. 그래서 지은이 물어보지 않는 이야기까지도 모두 털어놓았다.

지은과 그렇게 전화를 끊은 유미는 마음이 심란했다. 아르바이트를 하는 건지 딴생각을 하는 건지 알 수 없었다. 물건을 사들인 손님이 계산해달라고 해도 잘 듣지도 못하고 평소에 잘 하지 않는 실수를 했다. 온종일 "죄송합니다."를 입에 달고 사는 것 같았다. 그렇게 아르바이트가 끝나고 나왔는데 민재가 기다리고 있다. 밝게 웃는 민재를 봤는데도 마냥 즐겁지 않았다.

"유미야, 무슨 일 있어? 표정이 왜 그래?"

"별일 아니야. 그냥, 오늘은 실수를 많이 해서…."

"너 낮에 혜진이 때문에 그래?"

"아니야~!"

"아니긴~ 걱정하지 마! 아까 너랑 통화하고 혜진이랑 연락했는데 별일 없대. 그러니까 너무 걱정하지 마."

"그래? 진짜?"

"그래~, 진짜! 그러니까 이젠 걱정 그만하고 좀 웃자! 자 따라 웃어봐~."

유미는 민재의 장난스러운 애교에 자기도 모르게 미소를 보이게 되고 민재도 그런 유미를 보면서 미소를 보였다. 유미에게 혜진은 은수 다음으로 사랑하는 친구였다. 그래서 혜진에게 무슨 일이라도 생기면 자신에게 생기는 것과 같다고 생각할 만큼 혜진을 걱정했다. 별일이 없다는 이야기를 민재가 해주고 혜진과 통화까지 했다고 하니 그제야 안심이 되는 것 같았다. 온종일 불안하고, 불편해서 아무것도 먹지 못했던 유미였다.

어두운 밤, 조용한 거리

민재와 유미가 나란히 손을 잡고 걷고 있다. 아무 말도 하지 않아도 그냥 좋고 또 좋고 편안했다. 둘은 이따금 서로를 바라보며 미소를 짓곤 했다. 유미도 민재도 서로가 서로에게 필요한 것이 무엇인지 잘 알았다. 그렇게 말없이 걷다 보니 어느새 유미의 집 앞까지 왔다. 그런데 유미는 민재와 헤어지고 싶지 않았다. 헤어지는 게 아쉬웠고, 지금 잡은 민재의 따뜻한 손을 놓고 싶지 않았다. 오늘 온종일 마음 졸이고 쓸쓸하고 힘들어서 그랬는지 손으로 전해지는 민재의 온기가 포근하게 느껴졌다.

"민재야, 이젠 내가 데려다줄까?"

"뭐?"

"아니, 그냥~, 맨날 너 혼자 집에 보내는 거 미안하니까…."

"그렇다고 네가 나를 데려다줘?"

"아니…, 나는 그냥…, 헤어지기 싫어서…. 그래서…, 그럼, 우리 집에서 영화 같이 보고 갈래?"

"영화? 지금?"

"아니야. 됐어! 너 집에 그냥 가!"

"뭐가 됐어? 싫어. 영화 볼래. 영화 보자!"

민재와 유미는 투덕거리며 유미의 집으로 들어가고 함께 나란히 앉아 영화를 보고 있다. 그런데 민재도 유미도 영화가 눈에 들어오지 않았다. 유미는 자신의 집인데도 왜 이렇게 불편한지 소파에 등을 기대고 떼기를 반복하고 민재 역시 좌불안석이었다. 그러다 갑자기 민재가 벌떡 일어나더니 덥다고 옷을 펄럭이며 혹시 마실 거 없냐고 맥주라도 있는지 묻고 유미는 얼마 전에 은수와 지수가 놀러 와서 마시다 남겨 놓은 게 있을 거라며 냉장고 문을 열고 민재는 어느새 유미의 말이 끝나기도 전에 달리기라도 한 사람처럼 벌컥벌컥 마시고는 이제 좀 진정이 되는 것 같다는 둥 시원하다는 둥 유미를 보며 말하고 유미도 그런 민재를 보며 웃지만, 유미 역시 긴장한 한숨이 나왔다.

"안 되겠다. 김민재 너! 집에 가!"

"왜~? 안되긴 뭐가 안돼~? 우리 영화 반도 못 봤어~."

"아…, 몰라~. 그냥 가!"

"싫은데~? 나 이 영화 끝까지 다 보고 갈 거야~."

"아~ 몰라~, 집에 가! 나중에 은수랑 지수랑 같이 보는 걸로 하고. 지금 너랑 단둘이 못 보겠어. 그러니까…."

"왜~? 왜 나랑 단둘이는 못 보는데?"

민재가 유미를 잡아당기고 유미는 잔뜩 긴장했다. 민재는 그런 유미를 빤히 바라보고 유미는 어떻게 할지 몰라 자꾸만 다른 곳을 쳐다보았다. 유미가 긴장한 것을 눈치챈 민재는 그런 유미의 이마에 부드럽게 입을 맞추고 둘 사이엔 고요함과 정지된 영화 화면 조명만이 둘을 비추고 있었다.

그러다 민재가 이젠 자신도 안 되겠다며 더 있으면 위험하겠다며 영화는 정말로 애들과 함께 보자고 하고 일어섰다. 유미도 그러는 게 좋겠다며 민재에게 말했다. 민재가 돌아가고 난 후 유미는 두근거리는 심장을 부여잡고 왜 이렇게 나대냐고 정말 음란 마귀가 강림한 것 아니냐며 혼자 중얼거리며 홀로 걸어가는 민재를 창문의 커튼 사이로 바라보았다. 문득 자신의 행동을 의식하며 왜 몰래 훔쳐보듯이 보냐고 아무도 없는 집에서 두리번거리며 중얼거리다가 어이없는 웃음을 보였다. 혼자 집으로 돌아가던 민재도 스스로 기특한 녀석이라며 스스로 대견해 하다 헛웃음을 보이며 집으로 돌아갔다.

민재가 돌아가고 얼마나 지났을까? 유미는 거실을 대충 정리하고 세수를 하면서 조금 전의 상황들을 떠올리며 웃다가 스스로 미쳤다고 왜 자꾸 이상한 상상을 하는 거냐며 스스로 말하다 웃기를 반복하고 있다. 그렇게 세수를 하고 얼굴을 닦는데 초인종 소리가 울렸다.

유미는 이 시간에 올 사람이 없는데 혹시 민재가 다시 돌아왔나 싶어 잠시만 기다리라는 말을 하고는 거울을 보며 머리카락을 정리하고 황급히 현관문을 열면서 "뭐야~, 다시 온 거야?" 하고 말하며 고개를 들었는데 문 앞에 서 있는 사람은 다름 아닌 지은이었다.

"지은아…."

"기다리던 사람이 아니라서 어쩌니?"

"…."

"나, 계속 여기 서 있어?"

"어? 어…, 미안…. 들어와…."

"너, 내가 와서 엄청나게 당황했나 보네?"

"어? 어…, 조금…. 네가 우리 집에 올 거라고 생각을 못 해서…. 여기 앉아. 뭐 마실 거 줄까?"

"그래."

지은은 뭔가 대단한 이야기를 할 것 같은 표정을 하며 소파에 앉아있다. 그런 지은을 바라보는 유미의 표정에도 긴장감이 가득

했다. 둘은 말없이 찻잔만 만지고 있다. 유미는 지은이 어떤 이야기를 하려는지 궁금하기도 하고 불안하기도 하지만 지은이 이야기할 때까지 물어보지 않고 가만히 기다렸다. 한참 후 지은이 결심을 한 듯 목소리며 표정이며 가다듬었다.

"우리 언제 처음 봤는지 기억해?"

"기억하지. 중학교 3학년 아냐?"

"맞아. 그럼 그때 내가 민재 좋아한 것도 기억해?"

"그래? 민재를 좋아했어? 그건… 미안…. 근데 갑자기 중학교 때 얘기는 왜 하는 거야? 혹시 아직도 민재 좋아해?"

"응, 민재 좋아해. 너 때문에 다 망쳤지만."

유미는 당황했지만, 최대한 침착한 척 지은을 대하려고 애쓰고 있었다. 지은은 유미의 마음 따윈 관심 없는지 민재를 좋아했는데 빼앗겼다며 원망의 말을 늘어놓고 있었다. 계속되는 지은의 원망소리에 유미도 조금씩 화가 났다. 왜 이런 이야기들을 듣고 있어야 하는지 이해가 가질 않았다.

"지은아, 갑자기 나한테 왜 이러는 거야? 민재가 널 좋아하지 않는 게 내 탓은 아니잖아."

"역시, 너는 못된 년이야. 그래 네 탓은 아닐 수 있지. 근데 친구가 좋아하는 남자를 꼭 만나야 하니? 난 그렇게는 못 하겠던데…."

"난 네가 그렇게 민재를 좋아하고 있는지 몰랐어. 그럼 그때 나한테 말을 하지 그랬어?"

"아~, 내 잘못이다? 그렇지. 이제야 너답다. 남 탓으로 돌리는 거."

"억지 부리지 마!"

유미는 하나하나 지은에게 설명하고 있는 자신이, 지금 지은과 마주 앉은 이 시간이 이해되질 않았다. 계속 자신을 원망하는 지은에게 그만 돌아가 달라고 쉬고 싶다고 하는데 그다음 지은의 입에서 나온 말은 도저히 이해되지 않았다.

"뭐? 너 지금 뭐라고 했어?"

"귀가 먹었어? 아님, 말귀를 못 알아듣는 거야?"

"아니, 내가 지금 너에게 무슨 말을 들은 건지…."

"혜진이가 민재 좋아한다고! 너 때문에 아무 말도 못 하고 혼자 앓고 있어. 혜진이는…."

지은의 입에서 나온 말 "혜진이가 민재를 좋아한다고!"를 도대체 이 말을 어떻게 받아들여야 할까? 지은이 그렇게 돌을 던지고 가고 난 후 혜진은 멍하니 앉아 움직일 수 없었다. 테이블 위에 휴대전화에서 벨이 울렸다. 민재다. 하지만 지금 마음으로는 민재의 전화를 받을 수가 없었다. 이 상황들은 도저히 이해도 되지 않고 받아들여지지도 않았다. 고개를 돌리니 민재와 행복한 시간을 보냈던 소파가 보였다. 조금 전까지 유미는 더할 나위 없이 행복했다. 그런데 불과 몇 분 사이에 유미는 말할 수 없는 상실감과 좌절감에 눈물만 흘렸다.

집으로 돌아온 민재는 입가에 미소가 떠나질 않았다. 그런 민재를 본 부모님은 뭐가 그리 좋은지 물어보지만, 민재는 웃기만 할 뿐 아무런 말도 없이 방으로 들어가고 부모님도 서로 바라보며 웃었다. 민재는 조금 전 유미와 있었던 일을 상상하며 즐거워하고 유미는 눈물을 흘렸다. 둘은 같은 장면을 떠올리지만 다른 감정을 느끼고 있었다.

아침이 되었지만, 유미는 그 자리 그대로 앉아있다. 학교에도 가지 않을 작정이었다. 아니 갈 수 없었다. 학교에서 혜진을 어떻게 봐야 할지 자신이 없었다. 밤새 생각을 해봤지만, 여전히 생각이 정리되지 않았다. 머릿속이 온통 복잡했다. 민재를 좋아하면서 혜진은 왜 자신을 소개팅 자리에 데려갔으며, 친한 친구라고 잘해달라고 당부까지 하고, 둘이 사귀게 되었을 때 마치 자기 일처럼 기뻐해 줬던 혜진이 아닌가? 그런 혜진이 민재를 좋아하고 있었고, 아파하고 있다니 도저히 이해가 가질 않았다.

은수는 학교에서 지수를 만나고 지수에게 유미가 어젯밤부터 연락이 안 된다며 아르바이트도 일이 있어서 못 나온다고 했다고 말하는데, 그 이야기를 들은 지수는 그 자리에서 유미에게 바로 전화를 걸어보지만, 전화를 받지 않았다. 둘은 마주 보며 걱정스러운 눈빛을 주고받았다.

그 시각 유미는 여전히 그 자리 그대로 멍하니 앉아있다. 날은 밝았지만, 불도 꺼져있고 커튼도 닫아두어 집안은 깜깜했다. 유미 옆에 놓여있는 전화기에 메시지며 전화기의 진동벨이 울리지만, 유미는 확인조차 하지 않았다. 결국, 은수는 민재를 찾아갔다.

"김민재!"

"은수야, 웬일이야?"

"혹시, 유미한테 무슨 일 있어?"

"아니, 아무 일도 없을 텐데…, 어제 나랑 같이…."

말을 하려다 민재는 어제 유미와의 일을 생각하며 혼자 웃고 웃는 민재를 보며 은수는 '뭐야?' 하는 표정을 짓고 민재는 은수의 표정을 보고는 미소를 거두고 말했다.

"미안, 유미는 어제 저녁에 나랑 만났고 아무 일 없었는데 왜? 유미한테 무슨 일 있어? 하긴 집에 가는 길에 전화했는데 안 받긴 하더라고. 그래서 나는 그냥 바쁜가 보다 했지."

"그래? 그럼 지금 다시 해봐. 유미가 연락이 안 돼. 분명 무슨 일이 있는 거야. 아무 일 없이 연락이 안 될 유미가 아니란 말이야."

"그래."

민재는 약간 당황한 듯한 표정을 지으며 유미에게 전화를 걸었지만, 유미는 전화를 받지 않았다. 다시 전화하고 또다시 전화하지만, 여전히 전화를 받지 않았다. 그 시각 유미는 외출 준비를 하고 있다. 어떤 결심이라도 한 사람처럼 불안하고 흔들리는 마음을 잡은 듯한 표정을 짓고 있었다.

조용한 카페

유미와 혜진이 마주 앉아있다. 서로 아무 말도 하지 않고 앉아 있고 서로 찻잔만 만지고 있다. 유미가 준비가 다 된 듯 말했다.

"혜진아, 어제 지은이를 만났어. 지은이가 나에게 이상한 말을 하더라고. 놀랍고 당황스럽고 이해가 되지 않는데 도대체 무슨 일이야?"

"…."

"내 말이 무슨 말인지 모르는 거야? 넌 모르는 일이야?"

"…."

"무슨 말이라도 해봐. 지은이가 혼자 착각한 거지? 너 민재 좋아하는 거 아니지? 그냥 친구잖아. 그렇지? 그럴 줄 알았어. 지은이가 뭔가 오해를 한 게 분명해. 너랑 민재랑 워낙 친하고…."

"오해 아니야."

"뭐?"

"오해 아니라고. 지은이가 한 말 다 사실이야. 어제 너랑 지은이랑 통화할 때 나 지은이랑 같이 있었어."

"뭐라고?"

유미는 혜진이가 하는 말을 듣고는 있지만, 정신이 없었다. 도대체 무슨 말을 하는지 이해가 되지 않았다. 어제 지은이 자신의 집에 와서 퍼부은 말 때문에 잠을 설쳐서 정신이 없어 헛소리가 들린다고 생각했다. 하지만 혜진은 혼란스러워하는 유미에게 정확하게 다시 이야기했다. 자신이 민재를 좋아하고 있다고, 친구라고 생각하는 줄 알았는데 아니었다고. 그 사실을 너무 늦게 깨달았다고. 그래서 힘들다고 오히려 유미에게 울먹이며 이야기하고 있다.

유미는 이런 혜진에게 어떤 말을 해줘야 하는지 정리가 되지도 않고 이해가 되지도 않았다. 그저 멍청하게 혜진을 바라보고 있을 뿐이었다.

"유미야, 미안해. 그런데 나도 어쩔 수가 없어. 안 된다고 아니라고 아무리 생각해도 내 마음이 마음대로 안 돼. 이미 너무 많이 흘러가 버렸어. 내 마음이, 민재에게로…."

“아무리 그래도 어떻게….”

“나도 어쩔 수가 없어.”

“그래도 우린 친군데 어떻게 나에게 이렇게 잔인해?”

그런데 갑자기 혜진의 표정이 달라지며 민재와 처음 소개팅할 때 서로 아는 사이라고 왜 말 안 했냐고 처음부터 속은 건 자신이 아니냐며 혜진은 유미에게 따져 들고 있었다. 유미는 처음엔 당황했고 그다음엔 말을 할 타이밍을 놓쳤다고 했지만, 혜진은 그건 변명에 불과하다고 유미에게 따져 들고 있었고 유미는 할 말을 잃었다. 그렇게 혜진과 헤어지고 돌아서서 무작정 걷고 또 걸었다. 걷다 보니 해는 저물어가고 있었다. 무슨 생각을 하는지 알 수 없는 표정으로 멍하니 걷는 유미 앞에 민재가 나타났다.

“어! 민재야?”

“왜 이렇게 놀라? 못 볼 거라도 본 사람처럼?”

“아니, 갑자기 나타나서 놀란 거지.”

“나, 아까부터 있었거든.”

“아, 그래? 미안.”

“오늘 온종일 어디 있었어? 연락도 안 되고, 얼마나 걱정했는지 알아?”

“미안, 일이 좀 있어서….”

유미는 그냥 모든 게, 모두에게 다 미안한 마음뿐인 자신과 자신에게 처한 상황들이 답답했다. 그렇다고 민재에게 모든 걸 다 말할 수도 없었다. 민재에게 몸이 좋지 않다는 핑계를 대고 민재를 돌려보내고 집으로 들어왔다. 아무것도 할 수 없고 아무것도 생각할 수 없었다. 어떻게 해야 하는지도 모르겠고 누구에게 물어봐야 하는지도 유미는 알 수 없었다. 그래서 답답하고 한숨만 나왔다.

다음 날 학교에 간 유미는 강의실에 앉아있다. 멍하니 창밖을 바라보고 있다. 저 멀리서 민재가 보였다. 무슨 일인가 싶어 보고 있는데 혜진이 민재의 팔짱을 끼며 밝게 웃고 있다. 유미는 민재의 팔짱을 낀 혜진의 행동이 불편했다. 그런 유미의 마음을 아는지 모르는지 민재와 혜진은 마치 연인이라고 해도 믿을 만큼 다정해 보였다. 잠시 후 강의실에 들어왔다.

"박혜진! 아까 그 남자 누구야? 엄청나게 잘생겼던데?"

"친구."

"친구? 남자친구? 오~."

혜진은 남자친구가 아니라고 굳이 변명하지 않았다. 가볍게 미소 지으며 유미를 힐끔 쳐다보고는 자리에 앉고 마치 민재가 자신의 남자친구인 듯 행동하고 있다. 유미는 그런 혜진을 바라보기만 할 뿐 어떤 말도 하지 않았다. 그렇게 앉아있는데 휴대전화에 메시지가 왔다. "유미야, 오늘 학교 못 왔다며? 너 보려고 일부러 수업 펑크내고 너희 학교에 왔는데….", "이건 뭐지?" 유미는 다시 휴대전화 메시지를 보고 "혜진을 만났으니 다행이지 않았으면 마냥 기다릴 뻔했어. 오늘은 내가 집에 일이 있어서 우리는 내일 얼굴 보자!", "이게 뭐지?" 유미는 황당함을 감출 수가 없었다. 그리고 혜진에게로 가려는데 교수님께서 강의실로 들어오는 바람에 일어났다가 다시 앉았다. 강의가 끝나고 먼저 나간 혜진을 유미가 쫓아나갔다.

"박혜진!"

"왜? 할 말 있어?"

"할 말 있냐고? 당연히 있지. 왜 민재한테 나 오늘 학교에 안 왔다고 거짓말했어?"

"미안. 난 너 오늘도 학교에 안 온 줄 알았어."

"그럼 아까 나 봤을 때 말을 해 줬어야 했던 거 아냐?"

"내가 말 안 해도 민재가 말했나 보네. 알면 된 거 아냐?"

"뭐라고?"

"더 할 말 없지? 나간다."

그렇게 혜진은 가고 덩그러니 혼자 남은 유미는 그저 어이없고 답답했다. 남자 때문에 혜진과 이렇게 될 줄은 몰랐다.

민재의 가족과 혜진의 가족이 함께 저녁 식사를 하고 있다. 혜진의 마음을 모르고 있는 민재는 혜진을 예전처럼 다정한 듯 편안하게 대하고 모두 웃으며 식사를 하고 있다. 한창 식사하고 있고 혜진이 고개를 돌렸는데 같은 과 친구가 누군가와 식사를 하는 게 보였다. 혜진은 일부러 그 친구가 보이도록 민재에게 더 다정하게, 민재의 부모님에게도 더 살갑게 대했다. 혜진이 화장실에 갔는데 그 친구와 마주쳤다. 혜진이 일부러 의도한 것이다.

"박혜진!"

"어~, 안녕! 밥 먹으러 왔어? 여기서 보니 더 반갑네~."

"누구야? 오늘 학교에 왔던 그 남자 맞지?"

"누구? 민재?"

"이름이 민재야? 너희 집안끼리 벌써 인사하고 그러는 사이야? 대박~."

"어~, 워낙 오래전부터 가깝게 지냈거든. 나 빨리 가봐야 할 것 같아. 미안."

"아니야. 내일, 내일 토요일이지. 월요일에 학교에서 썰 좀 풀어."

"다음 주에 보자!"

혜진은 난처한 듯한 표정을 짓지만, 뒤돌아서면서 뭔가 만족스러운 표정으로 바꿨다. 식사를 마치고 밖으로 나와서 부모님들은 부모님들끼리 놀겠다며 민재와 혜진 둘이 먼저 가라고 했다. 민재는 부모님들이 가시는 모습을 보고는 혜진에게 다음에 보자고 인사하지만, 혜진이 맥주 한 잔만 사달라고 조르고 민재는 딱 한 잔만이라며 함께 갔다.

편의점에서 아르바이트하는 유미

오늘따라 편의점이 한가해서 폰을 만지작거리다 SNS들 들어가 보았다. 그런데 유미의 눈이 동그랗게 커졌다. 혜진의 SNS에 가족들이 함께 식사하는 사진, 민재와 단둘이 맥주 마시는 사진이 올라와 있다. 그것도 아주 다정하게….

유미는 점점 혜진과 민재의 사이에 자신이 끼어 있는 듯한 느낌을 받으며 불편하기도 하고, 민재의 마음이 혜진에게 향하고 있는 건 아닌지 불안하기도 했다. 그러던 그때 지수와 은수가 편의점 안으로 들어오고 유미는 아무렇지 않은 듯 웃었다.

“너 자꾸 잠수 탈 거야?”

“미안.”

“왜 그러냐. 유미 불편하게.”

“얘는 좀 미안해해야 해. 얼마나 걱정한 줄 알아?”

“미안. 다신 안 그럴게.”

셋은 함께 깔깔대며 걷고 있다. 지수의 양손엔 뭔가가 가득했다. 셋이 향한 곳은 다름 아닌 유미의 집. 그런데 유미의 집 앞에 민재가 와 있다. 아무것도 모르는 지수와 은수는 민재를 반갑게 맞이하고 민재 역시 반갑게 인사했다. 유미는 마음 한편이 답답하긴 하지만 민재를 보니 기분이 좋은 건 숨길 수 없었다. 그렇게 넷은 함께 유미의 집으로 들어가고 함께 로맨틱 코미디를 보면서 웃고 떠들었다. 그렇게 즐겁게 떠들고 놀다 지수와 은수가 먼저 돌아가고 이제 유미와 민재 둘만 남았다.

“이제 우리 둘만 남았네. 우리 둘만 있는 게 얼마 만이야~. 그치?”

“응. 그러게.”

민재는 다정하고 사랑스러운 눈빛으로 유미를 바라보고 유미는 왜 그렇게 느끼하게 쳐다보냐며 장난스럽게 대하지만 민재는 유미의 장난을 받아주지 않고 기습 키스를 했다. 유미는 놀라 민재를 쳐다보고 민재는 또 키스하고 유미가 뭐냐고 말하는데 또 키스했다. 유미가 말을 하려고 하면 그때마다 민재는 유미의 입에 키스하고 유미도 민재가 장난하는 게 아님을 알고 있다. 둘은 그렇게 서로의 사랑을 확인했다.

햇살이 창문 넘어 들어오고 유미와 민재가 함께 있었다. 유미를 사랑스럽게 바라보는 민재. 그런 민재와 눈이 마주쳐 민망한 유미였다.

유미는 민재에게 쳐다보지 말라고 했고, 민재는 그런 유미를 놀리기가 재미있었다. 민재는 유미와 함께 아침을 먹고, 함께 양치하는 것도 즐거웠다. 유미도 민재와 함께하는 지금, 이 순간이 이대로 멈춰버리면 좋겠다고 생각했다.

“오늘도 아르바이트 가야 해? 날씨도 좋고 주말인데 놀러 가면 안 돼?”

“돼~. 어디 갈까?”

“정말? 진짜?”

“그래. 정말. 진짜.”

둘은 놀이동산에 갔다. 함께 놀이기구 타면서 소리도 지르고 웃고 즐거웠다. 서로의 아이스크림을 빼앗아 먹기도 하고 함께 사진도 찍고 이 순간만큼은 그 누구보다 행복했다. 그때 민재의 전화벨이 울렸다. 혜진이였다. 민재는 무시하고 받지 않았다. 그리고 잠시 후 이번엔 유미에게 전화가 왔다. 민재가 보고는 우리의 시간을 방해받고 싶지 않다며 받지 말라며 전화를 꺼버렸다. 유미는 어이없는 듯 웃지만, 민재의 행동이 싫지 않았다.

혜진은 지은과 함께 있다. 민재와 유미 둘 다 전화를 받지 않는다고 이야기하며 불안해하는 표정을 보였다. 지은은 태연하게 혜진을 달래고 경민이 조금 있으면 오기로 했으니 기분전환 하자고 하고 혜진은 귀찮다고 말했다. 그래도 지은은 혜진을 끌고 밖으로 나갔다.

"나 놀이동산 별로 안 좋아해."

"그냥 놀아. 아무 생각 없이."

"귀찮아."

"둘이 뭐해? 얼른 들어가자!"

"그래. 가자. 오늘은 일단 놀고 그다음에 생각하자."

놀이공원 싫다던 혜진도 소리를 지르며 놀이기구를 타니 약간은 스트레스가 풀리는 듯한 기분이 들었다. "거 봐, 잘 왔지?" 하고 이야기하는 지은의 말에 "응, 고마워."라는 말이 나왔다. 지은이 목이 마른다는 말에 경민이 음료를 사러 갔다, 혜진과 지은은 벤치에 앉아 경민을 기다리고 있었다. 그런데 저 멀리서 많이 본 사람이 보였다. 민재와 유미였다.

"뭐야, 쟤네 여기 왔어? 둘이 여기 와서 너 전화도 씹은 거야?"

"…."

"참 어이없네."

"그만 나가자. 부딪히기 싫어."

"무슨 죄지었어?"

"그냥 내가 불편해서 그래. 나가자, 응?"

"알았어."

음료를 들고 웃으며 오는 경민을 지은이 끌다시피 셋은 놀이공원 밖으로 나갔고, 민재와 유미는 셋을 보지 못했다. 경민은 갑자기 왜 나왔냐며 이제 막 재미있으려고 하는데 왜 그러냐며 이야기했고, 불편해하는 혜진을 위해 지은은 갑자기 머리가 너무 아파서 자신이 가자고 했다고 하니 경민은 호들갑을 떨며 지은을 걱정했다. 지은은 혜진에게 오히려 사과하는 행동을 취하고 경민이 눈치채지 못하게 넘어갔다. 아무것도 모르는 민재와 유미는 둘만의 시간을 만끽했다. 그렇게 주말이 지나고 월요일에 학교에 갈 준비를 한참 하는 유미였다.

갑자기 초인종이 울리고 문을 여니 혜진이 서 있다. 유미는 살짝 당황했지만 금세 정신을 차리고 혜진에게 들어오라고 했다. 혜진은 뭔가 불안하고 긴장한 얼굴이었다.

"아침부터 웬일이야? 학교에 가면 얼굴 볼 텐데 무슨 일이라도 있어?"

"어…, 그게…."

"편하게 얘기해. 너답지 않게 왜 그래?"

"유미야, 미안해."

"뭐가?"

"다 미안해. 너한테 민재 소개해준 것도 미안하고, 민재 좋아하면서 너한테 말 안 하고 숨긴 것도 미안하고…."

"그런 말이라면 됐어. 듣고 싶지 않아."

"유미야, 나 안 될 것 같아."

"뭐가?"

"아무리 생각해도 민재를 포기하지 못하겠어. 유미 네가 민재 놔주면 안 돼?"

"민재가 무슨 물건이야? 놔주고 말고 하게? 나도 민재 좋아해. 민재도 나 좋아하고."

"너 죽을 수 있어? 난 민재 없으면 죽어."

유미는 막무가내인 혜진이 이해가 되지 않았다. 따질 땐 언제고 이제는 갑자기 민재를 포기해 달라고 매달리는 혜진이 도저히 이해되지 않았다. 그렇게 매달리는 혜진에게 그럴 수 없다고 자신도 민재를 사랑한다고 말하고 학교에 갔다. 혜진과 같이 집 밖으로 나왔는데 혜진이 학교에 오지 않았다. 그래서 마음에 걸리고 꺼림칙하고 불편했다.

혜진의 마지막 말이 마음에 걸렸다. "난 민재 없으면 죽어." 자꾸만 그 말이 귓가에 맴돌았다. 신경 쓰지 말자고 몇 번이고 생각해도 떨칠 수가 없었다. 그렇게 하루가 가고 이틀이 지나고 사흘이 지났는데 혜진은 연락도 없고, 학교에도 나오지 않았다. 유미는 불안했다. 마지막 그 한마디가 뭐라고 자꾸만 마음이 불편했다. 민재에게 전화를 걸었다. 전화를 받지 않았다. 아르바이트하는 내내 온통 신경이 폰에 가 있다. 얼마 후 전화가 왔다. 민재다. 그리고 민재로부터 들은 충격적인 소식.

혜진이 수면유도제 과다 복용으로 응급실에 있다는 것.

유미는 병원으로 가기에도 불편하고 가지 않으려니 마음에 걸리고 어떻게 해야 할지 난처했다. 고민 끝에 그래도 불편함을 견디기로 마음을 먹고 혜진이 있는 병원으로 갔다.

"안녕하세요. 저는 혜진이랑 같은 과 친구 정유미입니다."

"그렇구나. 혜진이는 방금 잠들었는데 어떡하지?"

"아, 그래요? 그럼 잠깐 얼굴만 보고 갈게요."

유미는 혜진이 누워있는 곳으로 갔다. 그런데 그 옆에 민재가 있다. 혜진을 간호하고 있는 민재를 보니 유미는 만감이 교차했다.

쿨한 척 민재를 대하지만 마음은 전혀 쿨하지 못했다. 그렇게 불편함과 답답함을 뒤로하고 병원을 나서는데 이런 상황에 놓인 자신이 싫었다. 며칠 후 혜진은 괜찮아졌고 유미를 찾아왔다.

"병원에 있을 때 왔었다는 이야기 들었어. 고마워."

"왜 약을 먹은 거야? 민재 때문이야?"

"이런 내가 싫었어. 너랑 사귀는 거 뻔히 알고 심지어 내가 소개까지 해줬는데 인제 와서 좋다고 양보해달라고 구차하게 매달리는 내가 싫었어. 죽고 싶었어."

"너 그 정도였어? 민재를 좋아하는 게?"

"나도 내가 이 정도로 민재를 좋아하고 있는지 몰랐어. 죽어도 좋을 만큼…."

그렇게 혜진과 헤어지고 유미는 마음이 더 복잡해졌다. 차라리 만나지 않았으면, 혜진이 병원에 입원했다고 했을 때 모르는 척했으면….

하지만, 유미는 혜진을 모른 척할 수가 없었다. 혜진은 유미가 의지하는 몇 안 되는 친구 중 하나였다. 그래서 지금 혜진의 상황을 그저 짝사랑하는 남자와의 사랑이 이루어지지 않아 좌절과 절망의 결과라고 넘겨버릴 수 없다. 유미는 지금의 이 모든 상황이 혼란스럽고 견딜 수 없을 만큼 마음이 무너져내림을 느꼈다.

유미는 결국 휴학을 하기로 마음을 먹었다. 아무에게도 말하지 않았다. 은수에게조차도 말하지 않았다. 그리고 떠났다. 모두에게서….

구

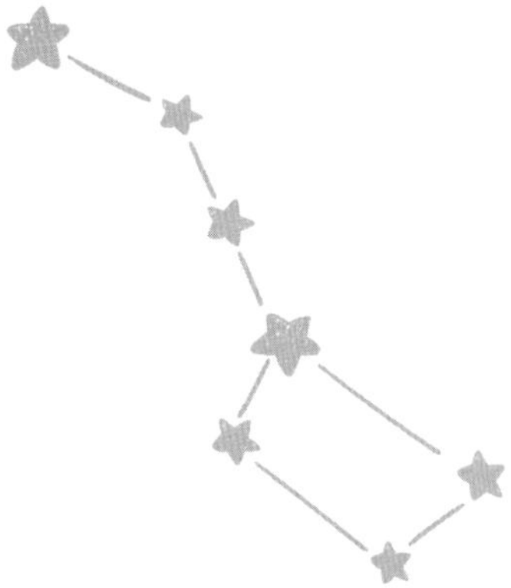

갑자기 사라져버린 유미를 민재는 미친 듯이 찾았지만, 유미는 그 어디에도 없었다. 은수를 통해 유미의 고향 집에도 가보았지만, 유미는 그곳에도 가지 않았다. 유미가 사라지고 일주일이 지난 후 유미는 은수에게 연락을 했고 그동안의 일을 이야기하며 왜 자신이 떠날 수밖에 없었는지 이야기했다. 그리고 민재에게는 말하지 말아 달라고 부탁을 하고 마음이 정리되면 돌아오겠다고 했다.

민재는 은수에게 유미와 연락이 되는지 여러 차례 물었지만, 유미와의 약속이 있기에 연락이 되지 않는다고 했다. 그렇게 한 달의 시간이 지나고 민재에게 유미로부터 한 통의 편지가 도착했다.

민재에게,

이렇게 너에게 말이 아닌 글로 마지막을 전하게 돼서 미안해.

많이 생각해 봤는데 아무래도 안 되겠어.

우리 헤어지자.

너랑은 여기까지가 맞는 것 같아.

서로 형편도 너무 다르고 사실 나 너 만나면서 많이 부담스러웠어.

너랑 수준 맞는 사람 만나.

나 같은 사람 만나지 말고,

우리 다시 만날 일도 없겠지만, 혹시나 우연히 만나더라도 아는 척도 하지 말자.

넌 너의 삶을 잘 살길 바라.

나는 지금 아주 잘 살아 있어.

너 없이도….

유미에게서 온 매정한 편지를 손에 들고 민재는 믿을 수 없었다. 유미가 이런 편지를 썼을 리가 없었다. 자신을 바라보며 해맑게 웃던 유미였다. 사랑을 속삭이던 유미였다. 그런 유미가 이렇게 자신을 떠날 리가 없었다. 왜 떠나야 했는지 왜 이런 편지를 남겼는지 아무것도 모른 채 이별을 통보받은 민재는 이 모든 것들이 한순간의 악몽처럼 느껴졌다. 이 악몽 같은 현실 속에 힘들어 견딜 수 없는 이 순간에 민재 곁에 유미는 이제는 없었다. 그 어디에서도 유미를 찾을 수 없었다. 처음부터 없었던 사람처럼 아무런 흔적조차 없었다. 혼자 술을 마시고 비틀거리며 집으로 돌아가는 민재 곁에 혜진이 있다.

"김민재, 너 언제까지 이럴 거야!"

"이거 놔! 유미가 이럴 리가 없어. 나를 이렇게 버릴 리가 없다고!"

"정신 차려! 유미는 떠났어. 그만 상처받으라고! 이 바보야!"

"그래, 나 바보다. 그래서 나는 하나밖에 몰라. 예전에도 나한테는 유미뿐이었고 지금도 나한테는 유미뿐이야. 앞으로도….”

“야! 김민재! 정신 차리라고!!”

다음 날 눈을 뜬 민재는 머리가 깨질 듯이 아팠다. 지난밤 기억이 중간중간 끊어져 기억났다. 방 밖을 나오니 엄마의 잔소리와 함께 등짝 스매싱!

“아~!”

“너, 정말 엄마가 창피해서 혜진이 얼굴을 볼 수가 없다!”

“내가 뭐?”

“너 기억 안 나? 혜진이가 너 집에까지 데리고 오느라 얼마나 고생했는지 알아? 전화해서 고맙다고 말이나 해라!”

민재는 깨질 듯이 아픈 머리를 부여잡고 물을 마시며 혜진에게 전화를 걸었다. 해장국집에 마주 앉은 민재와 혜진.

투덕투덕 민재와 혜진은 변한 게 없어 보였다. 서로 무심한 듯 서로를 챙기는 모습이 남들이 보면 오래된 연인으로 오해하기 딱 좋은 분위기였다.

“어제는 미안하고 고마웠다.”

“알면 됐다. 해장국 네가 사!”

“당연하지.”

“적당히 좀 마셔라! 어머니 걱정 많이 하시더라. 이 못난 아들아!”

“알았다. 잔소리 좀 그만해라!”

그렇게 시간은 흐르고 흘러 스무 살이던 청춘들은 20대의 끝자락에 다가서고 있었다. 경민은 여전히 지은의 꼬봉 노릇을 하며 지내고 있고, 은수와 지수는 언제 결혼한 건지 갓난아이까지 있다. 혜진은 여전히 민재를 좋아하는 것 같은데 민재는 혜진을 친구로 좋아하는지 그 이상인지 알 수 없었다. 애매모호 하다. 그렇게 모두 자신의 인생을 살아가고 있다.

"김민재! 오늘 저녁 6시! 또 늦기만 해."

"알았어, 안 늦어. 6시."

혜진이 민재와 통화를 하고 있다. 혜진은 투박한 듯 이야기하지만, 입가엔 미소가 번지고 있다. 민재는 젊은 CEO로, 요즘 핫한 카페를 운영하며 가맹점도 여러 개 운영하고 있어 늘 바빴다. 그래서 혜진은 늘 시간을 지키라는 말을 민재에게 달고 살고 있다. 민재도 혜진의 잔소리가 듣기 싫은지 오늘만은 늦지 않고 일찍 약속 장소로 갈 생각이었다. "내가 박혜진 잔소리가 지겨워서 일찍 간다." 하며 정신없이 정리하고 운전을 하고 급히 가는데 신호가 도와주지 않았다. "이놈의 신호는 항상 나를 도와주지 않는단 말이야." 그렇게 투덜대고 있는데 건널목을 건너는 사람들을 보고 있다. 건널목을 건너는 사람 중 아기를 안고 길을 건너는 은수를 보게 되고 길 건너에 은수를 보며 손을 흔드는 여자가 있다. 유미다. 확실히 유미였다.

무작정 차에서 내리려는데 뒤차에서 클랙슨이 울렸다. 신호가 바뀌었다. 급하게 차선을 바꾸고 유미로 보이는 여자가 있는 방향으로 가는데 사라지고 없었다. 급하게 차를 정차하고 은수에게 전화를 걸었지만, 전화를 받지 않았다. "내가 잘못 봤나? 분명 은수

였고 유미였는데…." 하며 중얼거리는데 전화벨이 울렸다. 혜진이였다. '아, 또 늦었다.'

"김민재, 너 오늘은 안 늦는다며?"

"퇴근길이잖아. 그래도 엄청나게 빨리 온 거야. 길이 어찌나 막히던지…."

"알았어. 어머니께서 얼마나 기다리신 줄 알아? 빨리 가자."

민재와 혜진을 기다리고 있는 건 다름 아닌 민재의 어머니였다. 민재는 왜 자꾸 같이 밥을 먹자고 하냐며 투덜대고 민재의 어머니는 시끄럽다며 잔소리를 하고 있다. 민재는 어머니의 잔소리와 혜진의 잔소리가 듣기 싫어서 '알았어요. 알았어.' 하고 대충 넘어가려고 애쓰고 있다. 음식이 나오고 셋은 맛있게 음식을 먹고 있다. 한참 음식을 먹고 있는데,

"너희 둘은 언제 결혼할 거니?"

"네?"

"뭘 그렇게 놀라? 이제 친구 그만하고 결혼해."

"어머니, 지금 무슨 소리 하시는 거예요. 얘하고 저는…."

"혜진이 속 그만 태우고 날 잡아."

"박혜진! 너 나랑 결혼할 거야? 우리 사귀냐?"

"어?"

"넌 내가 남자로 보이냐? 어머니도 이런 얘기 그만 하세요. 얘랑 저는 그냥 친구예요. 얘는 절 남자로 안 보고 저도…."

"나 너 남자로 안 보지 않는데?"

"뭐? 뭐래? 둘 다 이상한 소리 그만하시고요. 전 갑자기 급한

일이 생겨서 가봐야 하거든요. 두 분이 데이트하시다 가시든지 그냥 가시든지 알아서 하세요. 전 갑니다."

민재는 건널목에서 본 사람이 누구인지 알아야 했다. 다시 은수에게 전화를 걸었지만 받지 않는다. 걸고 또 걸었다. 전화를 끊으려는 순간 "여보세요." 하며 은수가 전화를 받았다. 민재는 왜 이렇게 전화를 안 받냐며 어디냐며 마치 따지듯이 묻고 은수는 집에 있다고 말하는데 갑자기 은수네 집 초인종이 울렸다. 민재다. 은수는 당황했다. 빨리 문을 열지 않고 뭘 하는 거냐고 말하며 민재는 연신 초인종을 눌렀다. 당황한 은수는 어쩔 줄 몰라 하는데 그냥 열어주라는 또 다른 익숙한 목소리…, 유미였다.

"김민재, 어쩐 일이야? 연락도 없이 갑자기?"

"물어볼게…."

말을 다 하기도 전에 눈앞에 보이는 건 유미였다. 민재는 말을 하다 멍하니 유미만을 바라봤다. 유미도 민재를 바라봤다. 은수는 유미 품에 있는 아기를 안으며, "둘 다 앉아."라고 했다. 주방으로 가서 차를 준비하고 유미와 민재는 거실 소파에 앉아 아무 말도 하지 않고 그저 앉아있다. 그 사이 은수가 차를 가져다주었다.

"은수, 너 언제부터 유미랑 연락된 거야? 왜 말 안 한 거야?"

"어? 그게…."

"은수한테 뭐라고 하지 마! 내가 너한테 말하지 말라고 한 거니까…."

"왜? 도대체 왜?"

"내 소식 몰랐으면 했으니까…. 그러니까 은수한테 뭐라고 하지 마! 은수도 나 때문에 중간에서 매우 난처했을 테니까….”

“너 원래 이렇게 못됐어? 내 생각은 안 해?”

“내가 왜 널 생각해야 하는데? 난 나 살기도 바쁜 사람이야. 너 따위 신경 쓸 정신 같은 거 없어.”

“너 따위?”

“그래, 너 따위. 그러니까 이제 잊어. 난 너 다 잊었어.”

“그래, 내가 잘못 찾아왔다. 혼자 미쳐서 허튼짓했다. 너 같은 계집애가 뭐라고 이렇게 오래 미친 짓을 했는지 모르겠다.”

민재는 일어서서 뒤도 돌아보지 않고 나가버렸다.

민재가 떠나고 유미는 괴로워했다. 그런 유미를 보는 은수는 유미가 안쓰러우면서 답답했다. 민재에게 모두 털어놓으라고 말해도 유미는 남자 때문에 친구에게 상처를 줄 수 없다고 말하지만, 정작 유미는 혜진과도 그날 이후로 연락하지 않았다. 결국, 유미는 남자도, 친구도 모두 잃었다. 그런 유미를 바라보는 은수는 안쓰러움과 짜증이 동시에 일었다. 유미의 부탁 때문에 민재에게 아무 말도 하지 않았지만, 혜진은 아무렇지 않게 민재와 잘 지내는 모습을 항상 지켜보고 있기 때문이었다.

유미에게 그렇게 상처를 준 민재 역시 마음이 편하지 않았다. 사랑했던 여자고 아직도 사랑하는 여자에게 막말한 자신에게 화가 나 견딜 수가 없었다. 포장마차에서 혼자 술을 마시며 “찌질이 같은 놈, 한심한 놈, 유미가 상처받았을 텐데, 이제 다시는 유미를 볼 수 없게 됐어.” 하며 자신을 원망하고 있다. 그때 포장마차 안으로 혜진이 들어왔다.

"너 또 왜 그러는데?"

"어? 박혜진! 너 여기 어떻게 왔냐?"

"오라고 전화한 게 누군데 뭐라는 거야?"

"내가? 박혜진! 너 내 친구 맞지? 나 오늘 완전히 까였어."

"까여? 누구한테? 너 일 잘 안 됐어?"

"아니, 아까 나 유미 만났다. 8년 만에 만났는데 나한테 뭐라고 막 하길래 홧김에 나도 막말했는데 나 죽을 것 같다."

"넌 아직도 유미야?"

"어? 뭐?"

8년이 지나도 여전히 유미에게서 헤어나오지 못하는 민재를 보며 혜진은 화가 났다. 혜진은 술에 취해 정신이 없는 민재를 민재의 집에 데려다줄 수도 있었지만, 혜진은 그렇게 하지 않았다. 집이 아닌 호텔로 갔다. 그리고 함께 밤을 보낸 걸로 연출했다. 그렇게까지 해서라도 혜진은 민재를 가져야겠다고 생각했고, 이 방법밖에 없다고 생각했다.

잠에서 깬 민재는 옆에 누워있는 혜진을 보고 놀랐다. 벗겨진 옷들을 보고 더 놀랐다. 지난밤에 무슨 일이 있었는지 기억이 나질 않았다. '아, 이놈의 술이 원수다.' 생각하며 아무리 머리를 쥐어짜도 기억이 나지 않았다. 한 번도 이런 실수한 적이 없는데 스스로 짜증이 났다. '내가 도대체 무슨 짓을 한 거지?' 생각하는데, 그때 혜진이 눈을 뜨며 잘 잤냐고 인사했다. 민재는 민망함과 어색함의 짧은 대답을 했다.

"나도 여기까지 오기로 마음먹는 거 쉽지 않았어. 나도 노력해

볼게.”

“무슨 노력? 무슨 말이야?”

“너 설마 기억 안 나? 나보고 너 잡아달라며? 유미 잊고 싶다며? 도와달라며? 진짜 하나도 기억 안 나?”

“내가? 내가 그랬다고? 너한테?”

“그럼 내가 지금 거짓말을 한다는 거야?”

“아니, 그게 아니고….”

민재는 기억이 없으니 답답하지만, 호텔에 둘이 벗은 채 한 침대에 누워있다는 사실만은 부정할 수 없고, 지난밤의 기억도 나지 않으니 혜진에게 어떤 말도 할 수 없었다.

한편, 유미는 서울이 아닌 지방에서 작은 공방을 하고 있다. 작은 카페 같은 소박하고 아담하지만 사랑스러웠다. 수강생들을 가르치기도 하고 자신의 작품을 만들기도 했다. 서울에 은수를 만나러 가지 말았어야 했다고 혼자 생각하지만, 민재를 만나지 말았어야 했다고 생각하지만, 그렇게라도 민재의 얼굴을 보게 돼서 좋았다. 그렇게 하라고 민재의 안부를 알게 돼서 기뻤다. 상처를 줄 수밖에 없는 자신이 원망스럽지만 그래도 행복했다. 당당한 그의 모습이 멋져 보여서, 자신이 사랑하는 사람이 그런 사람이라 좋았다.

하루 일과를 마친 유미가 차 한잔을 마시며 창밖을 바라보고 있다. 창밖엔 잔잔한 바다와 굵은 빗줄기가 제법 잘 어울리는 풍경이었다. 유미의 마음을 아는지 모르는지 아름다웠다. 유미는 8년 전 혜진이 수면 유도제 과다 복용으로 입원했을 때를 생각했다.

혜진이 입원한 병원을 찾아갔다가 돌아오는 길에 지은을 만났다. 유미를 본 지은은 다짜고짜 유미의 뺨을 때렸다.

"야! 강지은!"

"나쁜 년!"

"왜 이래?"

"왜 이래? 혜진이 저렇게 된 건 다 너 때문이야!"

"넌 도대체 나한테 왜 그러는데? 내가 뭘 잘못했는데?"

"뭘 잘못했냐고? 너만 아니었으면 나도 민재를 포기하는 일 없었을 테고, 혜진이도 약 따위 먹을 일 없었겠지."

지은은 유미에게 모든 일이 유미 때문에 벌어진 일이라고 따져들고 있었다. 빗방울이 떨어지는 바다를 보며 서 있는 유미의 얼굴에 소리 없이 눈물이 흘러내렸다.

민재가 소파에 앉아있다. 커튼이 열리니 하얀 드레스를 입은 여자가 보였다. 혜진이다. 혜진은 민재에게 어떠냐고 묻고 민재는 영혼 없는 "예쁘다."를 입 밖으로 내뱉고 있다. 민재는 몇 달 전 유미와의 아픈 이별을 생각하고 있다. 잊으려고 해도 잊을 수가 없었다. 딴생각하는 민재를 보는 혜진은 갑자기 화가 나 견딜 수가 없었다. 옷을 갈아입고는 짜증을 내며 밖으로 나가버리고 당황한 민재가 쫓아갔다.

"너 지금 뭐 하자는 건데?"

"내가 뭐?"

"너 계속 딴생각하고 있잖아! 아직도 유미 생각해?"

"내가 분명히 말했지. 내 마음조차 바라지 말라고. 넌 그냥 내

몸만 가져. 이미 나한텐 마음 같은 건 없어. 그러니까 더 바라지 말라고! 그게 싫으면 지금이라도 관둬!"

그렇게 말하고 혼자 돌아서서 가는 민재에게 전화가 왔다. 은수였다. 둘은 카페에 마주 앉아있고 은수는 화가 머리끝까지 났다. 그리고 민재 앞에 뭔가를 던졌다.

"어떻게 이런 걸 보낼 수 있어? 생각이 있는 거야? 너희들 정말 너무한다."

"이게 뭔데?"

"너랑 혜진이 청첩장. 어떻게 우리에게 이런 걸 보내? 왜? 결혼식장 가서 축하한다고 축가라도 불러주리?"

"난 몰랐어. 혜진이가 보냈나 보네. 미안. 내가 얘기할게."

"미안. 그럼 끝이야? 유미가 지금 어떨지 생각이나 해봤어? 유미가 널 어떻게 보냈는데. 어떤 마음으로 떠났는데. 혜진이 그 싸가지 착한 우리 유미 가슴에 대못 박고 행복할 것 같아? 너, 김민재. 너도 아무것도 모르면서…."

"그게 무슨 소리야? 나를 떠난 건 유미야. 내가 아니라고!"

"그렇지. 유미가 떠났지. 너를 위해서, 혜진이 때문에."

은수는 민재가 알 수 없는 말들을 폭포처럼 쏟아내고 있었다. 유미가 왜 갑자기 자기를 떠났는지 항상 이해되지 않았고 궁금했다. 그 모든 궁금증이 이제야 풀렸다. 무려 8년이라는 시간이 흘러서 그것도 유미에게 엄청난 상처를 안겨주고 난 후에야 알게 되었다. 유미의 진심을….

민재는 혜진에게 따질 시간조차 없었다. 은수에게 받아든 유미의 주소를 들고 무작정 달렸다. 얼마나 빠르게 달렸는지, 얼마만큼의 시간이 걸렸는지 아무 기억도 없을 만큼 미친 듯이 달려 유미가 있는 곳으로 향했다. 조용함을 넘어선 고요함이 가득했다.

아담한 공방 안에 유미

밝게 웃으며 공방에 무언가를 배우러 온 아이들을 가르치고 있었다. 한참을 멍하니 유미를 바라보았다. 노을이 바다를 붉게 물들이고 공방에 있던 사람들이 하나둘 돌아가고 유미가 혼자 있다. 당장이라도 달려가 안고 싶지만, 발이 떨어지지 않았다.

그동안 얼마나 아팠을까? 혼자서 견디는 시간이 얼마나 고통스러웠을까? 자신의 어리석음에 화가 났다. 공방을 정리하고 문을 잠그려는 유미 앞에 민재가 다가왔다. 한참을 서서 민재를 바라보는 유미와 그런 유미를 바라보는 민재. 붉은 노을이 두 사람의 얼굴을 비추고 그렇게 시간이 멈춘 듯했다.

"여긴 어떻게…."

"은수…."

"아…."

"…."

"…."

"축하해…, 결혼…."

"…."

"식장엔 못 갈 것…."

말을 하는 유미의 입을 민재의 입술이 덮었다. 유미가 민재를 밀어내려 했지만, 그럴수록 민재는 더욱 유미를 놓아주지 않았다. 유미는 민재를 밀어내고 뭐 하는 짓이냐고 따졌다. 민재는 유미에게 그동안 자신이 오해했음을 고백했다. 은수에게 지난 시간을 어떻게 보냈는지, 얼마나 힘들어했는지 들었다고 끊임없이 유미에게 미안하다고 말했다. 유미는 혜진과 결혼을 앞두고 이러지 말라고 돌아가라고 했지만 민재는 다시는 혜진에게 돌아가지 않을 거라며 유미를 끌어안았다. 유미는 놓으라고 이러지 말고 혜진에게 돌아가라고 우리는 이미 끊어져 버린 인연이라고 하지만 민재는 싫다고 했다.

"그럼 나보고 어쩌라는 거야? 내가 너를 잊으려고 8년이라는 시간 동안 얼마나 힘들었는데…."

"나도 지난 8년 동안 너를 잊을 수가 없었어. 네가 없는 8년이라는 시간이 나에게는 형벌 같았단 말이야. 제발 떠나지 마."

"난 이미 충분히 나쁜 사람이 되었어. 너희 부모님께까지 나쁜 사람이 될 수는 없어. 그러니 혜진이에게 돌아가."

"진심이야?"

"진심이야. 널 사랑했고, 사랑하지만 나는 너를 만나지 않을 거야. 그러니 다신 찾아오지도 마."

"난 너도 나와 같은 마음인 줄 알았어. 주변의 시선이 뭐가 중요해? 우리 둘만 서로 사랑하면 되는 거 아냐? 네가 원하는 대로 해줄게."

민재는 붉은 노을이 빛나는 길을 따라 점점 멀어지고 있었다.

멀어지는 민재를 바라보며 민재와 사랑했던 기억들이 떠오른 유미의 눈에서는 하염없이 눈물이 흘렀다. 그러다 점점 멀어지는 민재를 보며 유미는 민재를 향해 달리기 시작했다. 민재의 말이 맞았다. 다른 건 아무것도 필요하지 않았다. 자신 역시 민재만 있으면 그만이었다. 처음부터 그랬는데 용기가 나지 않았다. 눈치만 보며 사느라 민재가 없는 세상을 고통 속에서 8년이나 보냈다.

민재에게 달려가 민재를 와락 끌어안았다. 민재는 그대로 가만히 서 있다. 얼굴에 미소가 번지고 있다. 그리고 뒤돌아서 유미의 눈을 바라보았다. 유미도 민재의 눈을 바라보았다. 둘은 누가 먼저랄 것도 없이 입을 맞추었다. 드디어 서로의 마음을 확인하는 순간이었다. 두 사람 뒤로 떨어지는 노을은 시간이 멈추길 바랄 만큼 아름다웠다.

"근데, 너 결혼식은 어떻게 해결할 거야?"

"몰라."

"뭐? 너무 무책임한 거 아냐?"

"그럼 결혼식 하고 와?"

"뭐? 미쳤어? 죽을래?"

"이젠 그런 건 아무래도 괜찮다고…. 너랑 있잖아. 너는 그냥 너의 세계를 살아, 내가 너의 세계로 들어갈 테니까."

유미는 그런 민재를 바라보고 민재는 유미를 바라보았다. 바다 위로 떨어지는 붉은 노을을 바라보며 그렇게 둘은 둘만의 세상에 머물렀다.

'처음'이라는 단어는 우리 모두에게 어떤 의미가 있을까요? 처음이라는 단어는 대상이 누구인지, 상황과 그 순간의 감정 상태가 어떤지에 따라 달라지는 것 같습니다. 처음이라 설레기도, 실망하기도 합니다. 때로는 두려움을 주기도 하고, 머뭇거리게도 합니다. 그럼에도 불구하고 우리는 처음이란 단어에 의미를 부여합니다.
'첫사랑'은 누구에게나 있습니다. 어떤 형식의 사랑이든 첫사랑이 주는 의미는 큽니다. 누군가는 그 사랑 때문에 오랜 시간 아파하고, 또 다른 누군가는 그 사랑 때문에 남은 시간을 견디는 힘을 얻기도 합니다. 그래서 '좋다, 나쁘다'로 평가할 수 없습니다. 그저 있는 그대로 의미가 있다고 생각합니다.
어느덧 순수했던 시절의 나이만큼 자라버린 딸을 바라보며 어설프지만 잊을 수 없는 첫사랑의 아련한 기억이 순수함을 잊어가는 감성에 봄바람을 불러봅니다.
당신의 첫사랑은 언제였나요?

작은곰자리

펴낸날 2022년 7월 15일 / **지은이** 김인숙 / **펴낸이** 이기성 / **표지디자인** 이윤숙 / **마케팅** 강보현, 김성욱 / **펴낸곳** 도서출판 생각나눔 / **출판등록** 제 2018-000288호 / **주 소** 서울 마포구 잔다리로7안길 22, 태성빌딩 3층 / **전 화** 02-325-5100 / **홈페이지** www.생각나눔.kr / **이메일** bookmain@think-book.com / **ISBN** 979-11-7048-421-9 (03810)